晚安，我的生命

本書版稅全數捐贈

「財團法人雲門文化藝術基金會」

你無法抗拒死亡，
但你可以看穿它。

G…O…O…D……N…I…G…H…T

目錄

第二部

他們的最後一哩路

第三部

悼念一代宗師：星雲大師

序

請不必為我擔憂

陳文茜

此刻您若聽到我輕輕地嘆息，請不要擔憂。
那是我在回首過往美好歲月時，
忍不住發出的嘆息。
我一生如此此地幸福，卻渾然不知。

第一部

晚安，我的生命

1. 生命的包袱，從來沒有這麼輕

如果我們不再希望，尤其不再奢望，臨走之前，未必需要呻吟：或者那樣的呻吟是一個軀體最後最偉大的語言。

不在乎了，真的不在乎了……你一生沒有這麼自由過，這麼瀟灑過。你笑看仍在馬戲團中爭角色的人們，心中多了幾分同情，怎麼會把自己有限的生命，揮霍無度到這種地步呢？

／

人生到了最後階段，就像黑夜。
它不必是深沉、或僅僅是黑暗。
正如夜裡你可以擁有寂靜與群星。

黑夜來臨，伊索德緊抱著特里斯坦，與這個中世紀亞瑟王身邊偉大的騎士，一起墜入無邊的黑夜中。他喚醒深藏心中的激情：於是黑夜成為聖潔堅貞的詩篇。

永恆。

不息。

那是愛的極樂，在我們胸心焚燒的極樂。

我們沒有牽掛了，除了不捨的家人，我們不必再被世界包圍：因為不久之後，他們也將遺忘我們。

生命的包袱從來沒有這麼輕，回憶過往，倒帶人生，你嘆口氣，知道無力彌補：過了，就過了。

梭羅曾形容有一種雕鴞，朝他唱著小夜曲。從近處聽時，它像自然界裡最憂鬱的聲音，這樣的聲音，好像想把人臨死前的呻吟，永遠保留在它的啼聲之中。他們的啼唱像是某種微弱的殘跡，所有的希望都必須棄之腦後。

但這樣的聲音眞的是憂鬱嗎？

如果我們不再希望，尤其不再奢望，臨走之前，未必需要呻吟：或者那樣的呻吟是一個軀體最後最偉大的語言。

眞實、不捨、道別、疼痛即將停止，不幸也將要解脫……

這一生啊！太多的情感，化成如鷓鴣的啼聲。呻吟，可能是一個生命最崇高最後的聲音。

太年輕的人，覺得他們的啼鳴如泣如訴；知道也準備好向生命說聲「晚安」的人，反而會覺得他們只是在歌頌生命裡值得記憶的點點滴滴。

正如鷓鴣在白天裡看到的美麗風景。

人若生了太重的不可逆的疾病，等於預知死亡紀事。你有從容的時間，安排最後一段旅程，去哪裡？閱讀什麼？跟誰在一起？把關愛多留給值得的人與事。

不在乎了，眞的不在乎了……你一生沒有這麼自由過，這麼瀟灑過。你笑看仍在馬戲團中爭角色的人們，心中多了幾分同情，怎麼會把自己有限的生命，揮霍無度到這種地步呢？

人若生了太重的不可逆的疾病，等於預知死亡紀事。
反而有了從容的時間，你什麼都不在乎了，前所未有的自由。

我們呱呱落地誕生，直面最後旅程。不管它是五年、十年、或僅僅一年、兩年……我們可以輕輕地道別自己這不容易的一生。

比利喬（Billy Joel）有一首歌：Lullaby, Good Night My Angel.，我改了部分歌詞：

我們就是自己的天使，對自己說聲晚安：天使，你該睡覺了。

我知道你還有很多想說的話，你想記住一生歌唱的所有歌曲。

我們的人生如在翡翠灣航行，也像在海洋上划船一樣，波波浪浪，忽高忽低。

在這古老的身體裡，

親愛的天使，你將成爲我永遠的一部分。

晚安，天使，現在是我做夢的時候了，

夢想著過去生活曾經多麼美好。

有一天我的孩子們可能會哭泣，

但如果他們也聽到這首搖籃曲，

在他們的心中，永遠有著我的祝福。

有一天，我們都會消失，

別怕，天使，只要輕輕說一聲：

「晚安，我的生命。」

你不能抗拒死亡，但你可以看穿它。
人到了一個年齡，一定要訓練出一種慈悲；
慈悲地看待這個世界跟自己的關係。
這一生串下來，每個人都是傷痕累累的戰士。
我選擇的工作，傷痕一定比一般人多。
如果沒有足夠的慈悲，
我怎麼跟老去的我、傷痕累累的我、
什麼都愈來愈少的我相處？

／

就這樣細細地聽，
如河口凝神傾聽自己的源頭。
就這樣深深地聞一朵小花，
直到知覺化爲烏有。
就這樣，在蔚藍的空氣中
溶進無底的渴望。

就這樣，在蔚藍天空
遙望孩童時的記憶遠方。
就這樣，蓮花般的青春
就這樣默默體驗血的晚年。
……就像這樣，與生活相戀。
就這樣，慢慢走入晚年。

陳文茜

2. 摘掉「生病」的面紗

從前的我，花太多時間陷在滾滾俗塵，不論怎麼保持距離，我很少活得像這次大病後，我完全丟了俗世，用深處的呼吸，認識世界，看花、看雲，望月、逐星，感受氣味，感受所有的美好。

/

一個生命的誕生如此輕易，一個生命的消失往往微不足道。因爲，我們驚恐生命的結束。因此，我們不敢好好面對。

所有的安魂曲都是低音的徘徊，它不只悲悼，更多的是恐懼。參加完一場喪禮，人們既感傷，又急著想遺忘。

於是還活著的病人，知道自己來日不會太長，身邊的人都免不了唱和：你會長命百歲。

此刻我脆弱如樹影，我不是吹噓的勇士，也不需要祝壽口號。

今夜我只想當一個需要氧氣、優雅躺在床上的病人。

過去幾個星期只要身體內部有什麼狀況，血氧濃度不足時，心臟就好像快跳出來。呯、呯、呯……像一場自己身體裡的小戰爭，也像生命對於死亡的頑抗。

我已經沒有了腦下垂體功能，零。腎上腺素，零。我的下視丘，一個在腦幹旁主管心臟、膀胱、溫度調節……太多生命功能的器官也嚴重受損。而現代醫學無法治癒它、駕馭它，只能任由我的免疫攻擊，決定我的生或死。

這是什麼意思？

我不必想太多，想了也沒有用，尤其過多的情緒起伏，反而會浪費我有限的生命。

我只知道它對於一生都在生病的我，是一個里程碑，不是勇敢、樂觀、瀟灑一點，就會過去。醫生也束手無策。

我的身體經常如車輪碾過的疼痛，我呼吸不到足夠的空氣，我的頭如炸開一般……

所以我必須悲慘地在醫院活著嗎？

NO！

我待在家裡，裝上我親愛的新製氧機，當然我戴上它的姿態有一部分如「長照機構的老人」，但偶爾拿下來，我還可以聞到山上剛摘採回家的芳香萬壽菊。

我對生命沒有太多戀眷，卻仍有牽掛及愛。昨晚抱著西西里島上床睡覺，心裡一陣痛襲來，她才四歲，我必須照顧她至少再十二至十三年，才能好好把她送走。但我知道自己目前的狀況，除非奇蹟出現，我做不到。

她未來會好好的嗎？當她失去家、失去母親的感

一個我不認識的孤兒學苑，我未曾為他們做過任何善事，孤兒學苑的師長及孩童將我罹肺腺癌前刻所拍攝的照片做成珠寶畫。一顆一顆，手工釘製，為我祈福健康。親愛的孩子，我拿什麼回報你們！

愛是什麼？

這是我目前最大的悲痛。

但也由於感受到了我對毛孩們的愛，本來喘不過氣的我，不只對氧氣，對生活、花朵、燈光、氣味，毫無抱怨，也產生了興趣。

過去我不太留意花的香氣，現在我可以分辨我嗅到了什麼香氣，它是什麼花，似乎突然發現了一種新的淨土。我突然間覺得不同樹木、葉片、花朵，都有自己的氣味，像尋寶一樣，我追逐它們的存在，愛戀它們的香氣，愛戀我最後不知多久的生命。

從前的我，花太多時間陷在滾滾俗塵，不論怎麼保持距離，我很少活得像這次大病後，我完全丟了俗世，用深處的呼吸，認識世界，看花、看雲，望月、逐星，感受氣味，感受所有的美好。

現在每天早晨迎接我起床的是花的香氣，花很美的姿態。

我用僅有少少的體力爲它們換水、剪枝。

二〇二三年，二月二十六日，病中與潘一如、陳秉信共同完成的「花聚落」作品「航向千年之吻」。

有時醒來，我尚未看到花，已聞到花香。命運對我而言，這樣的生活狀態來得不算遲，也不算匆促。

關於生命結束的台詞，眾人在喪禮追思朗誦太多了，我無須現在活著時先寫一次。

我只問自己這一生算不算善良的人？

我看了更多自己的內心，也反省這一生。

隨著晚風，走上頂樓玫瑰花園，對面山丘恐怕有一萬年了吧。它相伴我已經十七年，我卻很少好好地和它相處。

有一夜，風微，細雨，我插上一支白蠟燭，向紗帽山深深致意。燭光及影子照在我的身上，如披了一身銀白的月光羽衣。今晚，我是月光羽衣仙子。

我病了，也提早衰老了，但我還能看到眼前的風景，夜色，聆聽著音樂。月光燭光搖曳生姿，這裡有難以置信的寧靜。

「黑夜給了我黑色的眼睛，我卻用它尋找光明。」晚年給了我逐漸滅熄的身體，卻給了我更珍惜生活周遭的力量。

每一個夜晚，我都會聆聽音樂的飄揚，聽得出了神，偶爾跟著琴聲節拍歡跳。

我總要偶爾把「生病」的頭紗，給摘掉。

一生幾代的激情轉眼耗盡，不只我，即使依然健康的人也匆匆地走著，甚至詛咒著，抱怨著。

「晚安，我的生命」，這件事教會我的事：不要詛咒，不必抱怨。我們的生命永遠會更黑暗……不要爲它再塗上污濁的顏色。

「一百萬支蠟燭燃燒，他們都在尋求協助。但上天想讓它更暗，世間一直流傳另一首痛苦的搖籃曲，但我們假裝沒有聽見。」

絕望沒有翅膀，你不必撲向它。死亡也一樣，它沒有面孔，默默無言，我紋絲不動，不看它一眼，不同它交談，我繼續讓生活繽紛，有時還過得活靈活現。

僅管我知道：不久之後，我和死亡總是要相遇的。

當我走到一個年齡，
尤其病重時，
我深刻體悟馬克・吐溫說的話：
「我人生中一些最悲慘的事情，
根本就沒發生過。」

／

我的理性告訴自己有很多痛要慢慢淡忘，
很多新的路要慢慢走下去。
過往有苦有樂，有失去的遺憾，
但更有曾經的甜蜜回憶。
一路可以隨心感觸，但不必感傷。
帶著微笑，輕輕看待生命中的起起伏伏吧。
我決定不把力氣花在疼痛、疾病、死亡的關注上，
如果做不到隨緣生死，
我反而會失去面對疾病的能力。

我該把本來應該沉重的心情，
化爲一點點冷靜，
過好每一個多出來的、還可以工作的日子。
關於死亡，我需要淡淡地……輕輕地微笑等待。

～陳文茜

3. 活著，就要有夢

在生病中只要能忘了疾病的人，便是巨人：他絕不會是「侏儒」。

這是人生走到最後篇章，我獲得的特權。自由了，這個世界的好惡，再也與我無關：何必在乎別人議論你？

事實上你走了以後，很快，沒・有・人・會・記・得・你。

╱

我居然逐漸沒有「病識感」了。

每天去醫院、打針、吃半碗的藥物加上維他命，成爲我的家常習慣。

血氧濃度九十二就吸氧，接近於九十五就歡唱。

做點家事心跳一百三十八，嘴巴有點麻，很快躺下床，滿身大汗淋漓，深呼吸幾回，濕紙巾擦一下，再喝口水，如果加點吸氧，很快心跳就會降至一百以下。

我如昔日做家事般，把這些一度困擾我的事，一一安排就緒。

這比準備《文茜的世界周報》，容易多了吧！習慣了，日子好好過。

我不會再如往昔醒來，即在疼痛中直覺反應：Another Day, Another Fighting Day，然後才自勉，「只要活著，就要快樂迎接每一天。」

半年了，我好像什麼感覺都漸行漸淡了。

因爲清晨總是很快到來，因爲還有更多夜晚降臨，因爲我的「青春心情」還沒耗盡。

尤其因爲這個世界還有許多我愛和愛我的人、狗、花、或者僅僅是爲了一朵玫瑰。

一個人只要執著地相信無論什麼情況下，自己仍然可以追求幸福，沒有人可以使他落到眞正悲慘的境地。

記得敍利亞有個「白色咖啡館」，主人看著族人逃亡至鄰國悲慘的命運，他決定留下來。火箭日日打過來，打過去，也不知是民兵還是政府軍，他已不在乎，他堅持的是活著就要有生活的「品味」。

在傾廢炸毀一半的白牆屋內，白色咖啡屋的主人每天以愈來愈少的咖啡豆煮咖啡。說是屋內的屋頂也早已炸出一個大洞，鋼筋如刺露出，好像隨時可以穿透他的心臟。主人每天穿著白衣，風若徐吹，他優雅地煮咖啡，沙塵迎來，把咖啡蓋上蓋子。

過路人停下來，聊聊天，什麼都不必「長久」，這兒的生命故事就是這麼回事，在隨時可能死亡之前，保持一種笑容。

我常常想起《文茜的世界周報》六年前的這則報導……我不會問：白色咖啡屋還在嗎？

它的消失，是必然的。

正如我。

現在每一天和每個微不足道的進步，不論身體上的、知識上的，對我都是一種禮物。

我還是種花，還是整理花園，將來我還有個夢，準備旅行。

我有一個夢，儘管生病了，只要藥物帶夠，一定繼續行走天下，尤其義大利。我知道自己的體力走不到十分鐘，即喘不過氣、心跳加速，怎麼旅行？

我有一個夢，把英製輪椅找工藝藝術家加上如南瓜車的鐵罩頂，然後交給「夏姿」王陳彩霞，請她幫我以蘇繡裝飾，車頂上的布料爲帶點金的粉紅色，加上手工繡花，邊垂下是粉白色混合的流蘇，輪椅加上紫色鑲粉邊的絨布座椅套。

生病的好處是妳好像快要翹了，妳想達成什麼願望，朋友都會盡力支持妳。

眞是超級無敵特權！

所以我的夢想「輪椅」，將會變身「女王出巡繞境車」：而且一定會實現！

佛羅倫斯大街走不了了，坐下來，煩勞朋友推車：休息夠了，站起來，繼續行走。羅馬的西班牙階梯（Spanish Steps）爬不上去，女王出巡車變成轎子，四個人合抬，最後幾階，我的朋友筋疲力盡，我卻下車優雅走完！（有點差勁）

我本來就不是什麼壯遊阿爾卑斯山、聖母峰的攻頂山人，向來貴婦懶人出遊。

生病，什麼下視丘、腦下垂體功能喪失，又不是腦袋全壞了，爲什麼不拿出某些好權之人的毅力，「汲汲營營地」追求自己的未竟之夢呢？

我的疾病，不必也不能擋住我的偉大旅遊夢。

沒有一個人可以不負創傷地走出人生競技場的，這是芥川龍之介的話：寫在他的書籍《侏儒的話》。

但一個面臨衰老死亡的人，根本不會有這種感慨，都要走了，哪來的「競技場」？還有什麼比「致命之疾病」更大的負傷？

在生病中只要能忘了疾病的人，便是巨人：他絕不會是「侏儒」。

這是人生走到最後篇章，我獲得的特權。自由了，這個世界的好惡，再也與我無關：何必在乎別人議論你？

事實上你走了以後，很快，沒‧有‧人‧會‧記‧得‧你。

一個人生病的時候，只有一件事會使你痛苦、疲勞、糾結，就是放不下，天天念著自己生病這件事。

你不認命，以爲自己可以活下來，活很久，甚至活成人瑞。你不甘願，你害怕生命盡頭。

我想對生病的人勸告：長壽，是老天爺生下來就給予人的基因。正如有人可以長得像劉德華，有人長得美如劉若英。我們都不是他們那樣的帥哥、氣質美人，同樣地，我‧們‧多‧數‧人‧都不會是長壽人瑞。

人生若到最後階段了，還在強求生命，多不智啊！

休管它一年、兩年、五年、十年……抓住每一天，把日子過得淋漓盡致，每天睡覺前，道聲：晚安，我的生命！

這就是最大的「活著」！

人的恐懼，人的無知，人的自我，總是我的時間還剩多少？人對此的焦灼徘徊彷彿時刻軀體裡都在滲出恐懼的汗珠。

來吧，不要再浪費時間想像。一起分享，當你還有一口氣的時候，記得帶上歡樂作爲每天的禮物。

是的，我們已經失去健康，但那只是我們生命中的某一件東西，我們還是可以快樂追夢，用各種方式，而且必要時「不擇手段」。

不必拿著匕首，到達終局。搔首弄姿，輪椅、哦，不、「女王出巡」招搖，那沿途的風景，還包括了妳自己。

我衷心相信會有一個義大利美男子，至少爲我詠唱一首〈棕色少女〉。

來吧。今晚我仍聽到大自然的響動，打開窗，熄了燈，爲了更好地觀察外面的黑暗。看，我熄滅了室內的亮燈，卻看到戶外更多的景色。

做這件事可能花費一刻鐘，但我心裡已經延長了記憶，也等於延長了時間。

近期我最該爲自己拍手喝采的是我檢查了腦袋超音波當天，毫不在意醫生的憂心，直接去Jamei Chen陳季敏的店，買了一頂青春洋溢的粉紅色草帽。

我告訴自己：以後，每照一次腦袋，買一頂！

活到現在，還有什麼願望？
它不是形式上的旅遊、食物、音樂會……
更不是其他的俗世成就願念。
我現在惟一的願望是：
我不想參與這個世界越來越多的「成人」，
太多的「成人」遊戲，
我想孤獨地回到童年。

／

不要活著沒事刁難自己；生活不是刁難，而是雕刻。
別沒事幹，一點失戀、小災小難、父母和你衝突、孩子
摔門而去……
就以爲世界拋棄了你，其實世界壓根沒離開你，
是你雖活著，卻選擇離開了世界。

～陳文茜

4. 我自己便是幸福

天已經黑了，索性閉著眼睛往前開心地走，將手上還擁有的花種子，在竹子湖一邊播撒一邊行走，讓山裡因為此刻的我，可以變得更美麗。

惠特曼的話：從此我不再希求幸福，我自己便是幸福。

從此我不再希求幸福，我自己便是幸福。

我仍然無憂無慮地輕輕搖晃我的每一天。但近期我有個小疑問，我該「活下去」嗎？

這個「困擾」是一個溫暖的意外。媒體時而好意關心我的身體，但標題總有「死亡」「痛楚」「最後篇章」的字眼。

幾個標題字要標記人生晚年，當然比寫墓誌銘難。

於是朋友們看到標題以為我明天就要死了，或是明年就可能死了，或是……很快就該死了。

但萬一我的運氣太好了，又活個五年、十年……這樣的關懷，使我有點兒尷尬……

各位到底，五年、六年後，如果你們還見到我活著，這算不算「詐欺」？

還是我乾脆宣布你們到時候看到的我是「殭屍」，不是活著的我？

其實，我並不知道自己可以活多久？

因為我的腦部罕見重病已經延遲治療了至少四年以上，一個狀況它可能停在這裡，只是腎上腺、腦下垂體、下視丘萎縮（等於它們已死了）：我活得雖辛苦，暫時死不了。另一個狀況，免疫突然大攻擊，尤其腦幹旁的下視丘，甚至直攻腦幹，那一分鐘，我的心臟停了。走了。

所以這個病的狀況有點 Cool，它像我和死神的對賭遊戲。

當然還有一個可能：我的免疫系統花心了，它膩厭了腦袋這個情人，決定換個對象，改攻擊我其他器官，正如我過去的六十年人生，那我就賭贏了。

我，活下來了！

如果回看我過去四年的日子，其實我一路都靠著運氣打敗死神。四年前已經心肺功能不足，血壓莫名上升，意外查到「肺腺癌」，手術折騰一番，至少切除一個惡作劇的腫瘤。

這相較於現在我的疾病，「肺腺癌」還真是個「輕症」。

二〇二一年我的病情已經惡化，開始腿下半身腫脹、微血管破裂，腳盤如墨石般黑紫色。我只傻傻地臥病在床，試著各種另類療法之外，只要有點精神，每日至少寫《梅克爾傳》一千字：好像追尋一個歷史人物的出現及退去，比什麼都重要。在歷史的書寫中，我居然忘卻自己身體的狀態：臥床近三個月！

直到我莫名連續休克數次。一次靠西西里島踩

我的救命恩狗「西西里島」也是我的特別護士，她總是憂心地看著我、觀察我是否還在呼吸？

跳我醒過來，兩次靠著照顧饅頭的「狗護士」從大腿施打 Epipen 急救針，昏迷不醒八分鐘左右，才慢慢醒來。

換句話說，沒有我的狗，沒有身上因爲別的疾病（藥物急性過敏症）美國醫生要求我隨身攜帶的急救針（Epipen，台灣沒有），我可能二〇二一年九月早就莫名其妙地走了：連死因是什麼，醫生也不知道。

莫名連續休克三次之後，我找到救命恩人台大李克仁醫師也是巧合：八年前他意外發現我有一個很深很大的甲狀腺良性腫瘤，他八年前一句警告：有一天它可能壓迫甲狀腺機能，你會昏倒。

八年前的記憶，使我找到他，他本來判斷「你是不是心臟衰竭」？我斬釘截鐵告訴他，不是。並且敍述了自己四年求醫過程，他決定瞎子摸象，抽了十四管血，驗了四十幾個指數，結果一堆數據中，跑出ACTH[2]（腦下垂體指數，正常值六十六）……才抓到病了。

我本性太樂觀，以爲服藥卽可改善，一個月回診，ACTH居然變成零。

此時我才意識到自己的病，既Helpless，也Hopeless。現代醫學可以做的，只有到美國梅約醫院全身換白血球十次……但這樣的醫療方式還在實驗期，排斥風險很高。

瞭解一切，我的心情反而平靜又理性。

人生不就這麼回事兒？

我不想活在驚恐中，起草遺囑，交代我走了以後狗孩子的去處……財產捐贈對象：辦完了，我決定一切就 Let it be。

Help，求救！

Hope，到處求醫。

兩者都不是我的人生選項。

生命並不是你活了多少日子，而是你真正過了多少日子。要使你過的每一天，都值得記憶；這才是我的人生態度。

我本來不是太現實生活中的人，這下更好了，我可以全心尋找尚有的火焰。

疫情前我去了小時候曾經做過甜蜜美夢的小教堂。它已經是一棟灰色的老房子，衰老的女孩，衰破的教堂，我們一起老去，微風中看著對面那棵熟悉的百年老樹，想起小時候我曾相信這一生我會有漂亮的故事，我會過著詩意的人生……

儘管現在我知道生命並非那麼回事：但那個天真爛漫不切實際的女孩之夢，仍在我心中引起共鳴，引起一千個迴響。回憶一生，我比小時候的自我期許，走得更遠，也更堅定。

昨夜我再度夢回離開台中時的老車站。火車歡快地駛入，我的心卻在喧譁中聽到離別的詞，沉重地踏上列車。

那個小站，從來沒有從我的記憶中消失，一個冬日，外婆悲傷流淚的眼神，我無淚、心中卻想大哭。告別，曾經那麼痛，那麼難。

當時離別的是這一生一世最愛我的人。

我現在準備離別的只是我自己。

夢中的舊日回憶，我醒來感覺自己像枯葉一樣。

那次離別之後，幾個月，外婆卽離世了。她走的時候和我現在的年齡剛好一樣。

她的離去，在我人生，掉下了第一片枯葉。聲音很輕，卻如山崩一樣毀塌。

現在的我，擁有比外婆生病時豐富一千倍的醫療照顧、各方一萬倍的關愛，我不想喊 Help，救命，我很歡喜、我很知足、我很感恩。

我擁有的，已經太多。

輕輕地呵護自己的身體、那只要活著必然有的痛楚，把它當成生活必要之事，同時更專注地投入值得的工作（我生病後居然和每位世界周報記者討論他們的內文及修正其部分文字，讓自己的工作量更大）……此外協助台灣最出色的天才鋼琴家劉孟捷舉辦二〇二二年七月七日獨奏會……爲普立茲攝影獎八十週年大展擔任代言人……聯繫贈送約旦敍利亞難民圍巾工作……

許多人老說我聰明，這是過獎。

如果現在的我還有什麼聰明，那就是我不在不必要的事情上恐懼、慌亂、浪費精力。

我知道命運，未必掌握在自己的手上。

Let it be。

天已經黑了，索性閉著眼睛往前開心地走，將手上還擁有的花種子，在竹子湖一邊播撒一邊行走，讓山裡因爲此刻的我，可以變得更美麗。

惠特曼的話：從此我不再希求幸福，我自己便是幸福。

在竹子湖一邊播撒一邊行走，
讓山裡因為此刻的我，
可以變得更美麗。

你會發現，渴盼了大半生，
除非你比較短命，
你愈長壽，能和你眞正地老天荒的，
就是你自己一人。

～陳文茜

〈漸漸枯萎的玫瑰〉

但願許多心靈領悟，
但願許多戀人學會：
這般陶醉於自己的馥郁，
這般痴情地傾聽風——殺手，
這般消殞於粉紅的花瓣遊戲，
微笑著離開這場愛的饗宴，
這般將訣別當節日歡慶，
這般解脫地從花枝飄散
並將死亡當親吻啜飲。

～赫曼・赫塞

▌聽・一首歌▌

Tchaikovsky: Symphony No. 5 in E Minor IV: Finale
by Herbert von Karajan

〈快樂不需緣由〉

痛苦的緣由大家一清二楚，
可人們也想知道爲何快樂。
我有時醒來時，內心祥和，
那種奇特美意我無法抓住。
紅霞照亮了我的小屋和身體，
我愛整個宇宙，不知爲什麼，
我欣喜異常。

……

它從哪兒來，這短暫的快樂？
天堂敞開大門，隱隱約約。
長夜裡無名的星星飛走後，
人的內心無須變得更加黑暗。
是藍天歸來的古老四月，
就像火滅之後餘光未了？
是歲月的灰燼中春天復甦

還是預示著愛情的吉兆？
這神祕的快樂轉瞬即逝，
來時無影，去也無蹤；
或許是幸福在途中迷路，
弄錯了人，匆匆光顧。
又如何？

～改寫法國詩人・普呂多姆

▍聽・一首歌▍

Tchaikovsky: Symphony No. 5 in E Minor IV: Finale
by Herbert von Karajan

5.
穿透黑暗的白色飛行

如果生命的終點是黑暗，那麼生命的本質就是一場穿透黑暗的白色飛行。

穿著白色的衣裳飛越每一個困難，不要讓黑暗在終點前就已經吞噬了你。

／

晚夕的光開闊而金黃，六月的夜晚多麼溫柔。

我的疾病如何醫治，答案反正已經遲到了那麼多年，但每天打開眼睛，見到生活中的點滴，我依然高興。

夜裡我告訴西西里島、東大寺、忽冷忽熱、史特勞斯、忽必烈、丘吉爾……請你們靠近我，坐在身邊，用快樂的眼睛和我一起端詳：哦，這個藥盒，裝滿了媽媽需要活下去的藥物，一旁奶瓶、吞藥的yogurt，寫滿了媽媽孩提時的詩作。

曾經媽媽和妳一樣，也是個孩子。

如果生命的終點是黑暗，那麼生命的本質就是一場穿透黑暗的白色飛行。

穿著白色的衣裳飛越每一個困難，不要讓黑暗在終點前就已經吞噬了你。

一年也快過了一半，持久數年愈來愈重的病，彷彿已是日常生活中的一部分。

你不會稱它爲朋友，因爲它使你疼痛、虛弱、喘息……不能走遠，但至少它不是敵人。

漸漸地我習慣了它，好像習慣一個不怎麼令人喜歡的室友，日子共處來去之間，我也不必太在意，偶爾要假裝視而不見，就像我如何對付這個世界有些逃不開的討厭鬼。

但不只是這樣，我還得更開心一些。

今晚我走到上次差點哭出來快要斷氣的四樓玫瑰花陽台，伸展一下芭蕾基本動作，再抬頭看，哇，這麼多的星辰，掛在天空上，自由自在。

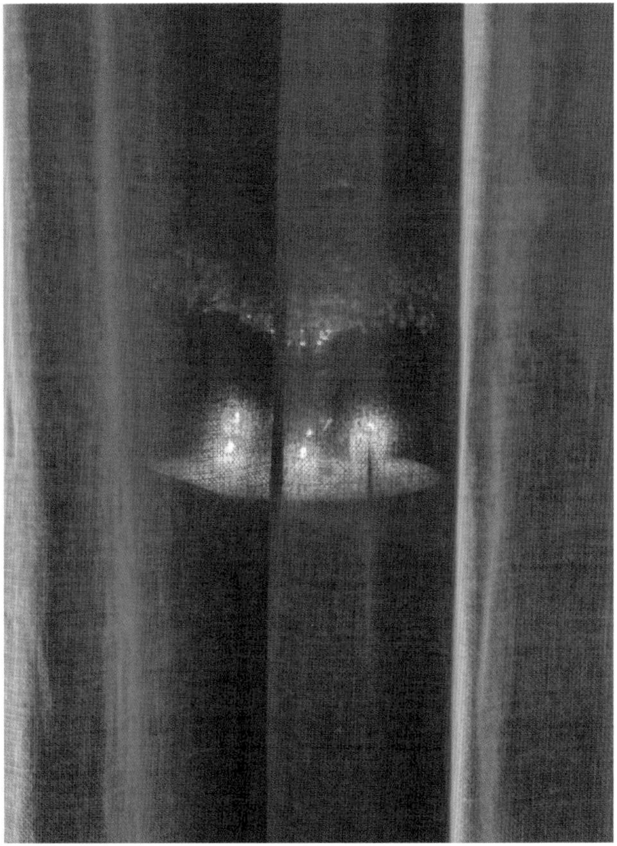

生活不在他方，在你的軀體裡。所有的事物充滿於每一個人的靈魂中，時而繁華如花，時而迷離如夜燭之光。時而如蝴蝶飛舞，時而寂靜如詩。隔著距離看自己，所有的點點滴滴，好像已經遠去，遙遠不必哀傷。

光亮的是久久才抵達的問候，黑色呢？它未必只是一片天空，有些黑色可能是死掉的星球，任何光都穿不透，進不了。

我還好好活著，我的肩上是巨大的宇宙，向著遠方大山河流，我沒有動。我讓風說話。

我不想成爲活著的黑洞。

許多人一旦變成重大疾病患者，便自然地把快樂往外推，好似這兩件事情是對立的。恰恰相反，正因爲我的生命可能比別人短，或者至少比別人辛苦，我們更要努力不懈地把「快樂」緊緊地拉坐身邊。

像許多女人匡住她的丈夫：不准跑。

人如果能夠瀟灑，何必選擇寂寞。獲得任何一個禮物、品嚐任何食物都是滿足。

生病是一種緣分，提醒你所剩時間不多，分分秒秒別浪費，吃藥得有儀式，只要是適合的食物，就奔進食物的懷抱，比年輕時對於愛情的投入還要狂情未了。

當陰影覆上花瓣，那是襯托花瓣色彩的暗光。風吹起柳葉，因爲一根挺而不動的柳葉，一點也不迷人。

就在這樣的心情下，我「戀愛了」！我愛上了自己。

海遠遠地，加倍沈默。

它正聆聽著這裡的一個願望，那裡的一段記憶。

只有知道生命不長的人，才能如此專注地「飛・行・生・命」。

因爲生重病，我們的生命可能比別人短，或是辛苦，我們更要緊緊地抓住快樂，「不准跑，坐在我身邊」，像某些女人抓姦她的丈夫。

有一天你會逐漸明白不必管別人說什麼、
做什麼、成就了什麼，
這一生一定要盡力做個好人；當個快樂的人：
尤其盡全力保持天生純潔的光彩。
你以爲這是微小的事，恰恰相反，
這個世界上可能十萬個人之中，不到一個人，
可以讓自己始終存著善良之心，
不嫉妒他人，不使用手段，
而且快樂地做著自己，
活到老時仍保持著天真的純淨。

陳文茜

孩子是這世界的締造者，
是宇宙的修補匠，
是與上帝齊平的聖靈，
是眞正提出問題的哲學家，
與成人的那些裝神弄鬼的技倆相比，

他們更接近眞理，
沒有受到絲毫的污染。

——莒哈絲

他們更接近眞理，
沒有受到絲毫的污染。

6. 死前的慾望清單

我正在寫新書《晚安，我的生命》：看起來悲傷的書名，寫下最後晚年的心理路程，怎麼想到食物清單即前途充滿光明？

人生，免不了要老，要走，要死。但人多半不敢面對，一路逃避。潛意識之下，有人死前的慾望居然是愛情，那男人可能只是不敢面對衰老托依純情青春夢的冤大頭，女人可能不得不臥軌自殺。

如果死亡前的慾望是官位、歷史地位，那一得靠機運，其次此人一定是白活了、慧根不足。人生最空的東西，就是權力。老了尋歡，是笨：老了還想握權，就得壞！

我們都只有一生，聰明點，若不想沒什麼規劃地走了，請列下：你最渴望的食物清單。

小時候外婆常常說：吃乎飽，好過死沒吃。（閩南語）

乍聽之下，好像很鄙俗。

但看千年才子蘇東坡，當他被朝廷一貶再貶，流放各地，除了詩書畫學術研究之外，「吃」一直都是他的生活中心。

尤其六十二歲流放到了海南島，朝中恨他之重臣本來希望他死在那裡：因爲過往凡去了海南島，十之八九皆得瘟疫疾病而死。

結果蘇東坡的兒子蘇過陪同他到了困苦的海南當地，發現了四川、京城、江南都沒有的新玩意兒：芋頭。做了芋頭羹，東坡父子讚不絕口。之後蘇過又看到漁民捕獲野生生蠔，美味無比。

蘇東坡一嚐，告訴兒子，這個祕密千萬不要讓朝廷知道，否則京城那些大官就會跑來海南島，那我們的蠔，就沒了，泡湯了！

我沒有吃過海南島的生蠔，想來緯度和高雄、墾丁差不多，應該和台灣蚵仔比較像，與法國生蠔有別。

蘇東坡流放海南島儋州的年代約爲西元一〇九七年，十一世紀末期：當時的法國還沒有法蘭西的名稱，在十世紀前，羅亞爾河以北還是一片冰雪。氣候的變化，十一世紀起，法國逐漸強盛，城市開始興起，但吃還是挺粗食，吃不吃生蠔，不可考。

因此蘇東坡可能是世界上將我們現在熟悉的常民小菜蚵仔，或是高級料理生蠔無意間列入史冊的人。

蘇東坡在黃州流放時，聽說江南有美味的河豚，但可能中毒。人已流放，許多事情看得豁達，既喜吃，又何必在乎千分之一機率的毒素。

當地最有名的餐廳爲他特別燒了一桌河豚餐，菜單不可考，才子他一人受邀埋頭苦吃，大伙兒探著他，怕他不小心被毒死，但他不發一聲一語。

廚子及邀請的老闆躲在屏風後，聽不到聲音（當時的階級，他們不能同桌），靜悄悄地，心裡當然急：蘇東坡還活著嗎？

屏風後的他們，嚇死了。依照目前流行術語，血氧濃度快要低於九〇，快暈了。

最後，突聞蘇氏筷子一放，大叫：「吃死了，也值得啊！」

所以我的外婆的話，早在一千年前，蘇東坡已經說過了。

這個時代，每個人都對自己的生命愈來愈沒有把握。昨晚整理房間物品，看到早期才會有的手冊：三十年前的電話號碼簿，其中三分之二的朋友，都走了。

年輕的時候，以爲人死前，得列一個旅遊清單，去極地、去阿爾卑斯山、去琉森湖、去南極……

現在眞的老了，而且病得和死亡愈來愈接近，根本走不動了，曬不了太陽了，爬不上高山，也去不了極地……

轉念一想：應該列一個死前的慾望食譜清單。它可以是台中肉圓、台南老樹下清晨的海鮮鹹粥，可能是里昂保羅．博古斯（Paul Boucuse）傳人的鵝肝、可能是亞美尼亞人最擅長的沙皇魚子醬，可能是阿里山採下來的愛玉，日本鳥取縣的毛蟹，東港鮪魚的脖子，也可以是台灣南部地區還有的焢窯燒雞……

看在這麼多願望清單下，我還是要好好珍惜自己，度過疫情、度過疾病的折磨。

你們呢？

還有哪些食物清單？

我正在寫新書《晚安，我的生命》：看起來悲傷的書名，寫下最後晚年的心理路程，怎麼想到食物清單卽前途充滿光明？

爬不上高山，也去不了極地……
轉念一想：應該列一個死前的慾望食譜清單。

或許所有的「生活」都是合理的。
聽星星在樹林裡叮叮噹噹地飄落，
看月光在草坡上和湖面上嘩啦啦地斜照。
有些人志在閃亮，有些人志在吞噬他人，
有些人志在成爲一抹月光，陪伴孤獨的人。
我們本來沒必要相互理解，
正如宇宙中的所有星球，各自轉落。

／

生命本是宇宙中一棵偶生的小草，或許每個
人終有偃旗枯萎的那一天：
但只要根還在，無論多老、什麼狀況，
我們的每一天，
都保證比死亡當天精采、盛開、燦爛。
死亡的顏色是黑的，人們怕面對它，
於是逃避、否認、恐懼……
假裝我們可以永遠活下去。
但妳若認識黑色，才明瞭什麼叫彩色。

陳文茜

▍聽・一首歌▍

Consolation No. 3 in D-Flat Major, S. 172/3
by Franz Liszt

7.

原來人不是慢慢衰老的：回顧這生病的八年

親愛的女孩，此刻過去的妳和現在的我，好似兩個不同的人。但再睜開眼看著妳，我依舊看到甜蜜的定格，在這持續不停疾病的八年。

現在我每次看妳，我知道我比上次蒼老。

這八年，我老得這麼快，但我並不痛苦，依舊抓住每一刻，接受命運的安排。所有的日子對我都是多出來的，我沒有放棄病情可以好轉的希望。

但我也不會強求。

／

我決定去看妳，八年前穿著高跟鞋、綠色衣服的模樣。人們曾經那麼愛議論妳的衣著，幸好妳從不理睬。

二〇一三年，在美國西奈山醫院插管內視鏡手術治療顱部感染，大量使用類固醇、抗生素。手術後短暫休息直飛巴黎，成爲全球第一個受邀至 Coco Chanel 她的老公寓主持《文茜的世界周報》。

八年前，那一次檳城的旅程如此難忘。妳帶著兩個古董桌上燭台，開開心心回來。

原來以爲日子會像這樣持續下去，至少一段時間，妳還要追夢，去普羅旺斯小定居、去紐約再讀一個學位，妳還想看更多的妳。那個雖然五十六歲，依舊神采煥發的妳。

那趟旅程之後，一個星期，妳開始住院，之後送美國就醫，動了兩次顱部手術。

儘管仍然堅持工作，但服藥使妳腫脹的模樣年復一年嚴重，也年復一年虛弱。

「手機的回憶」突然跳出來，一看再看，多開心這八年沒有辜負了自己。

在病痛之間，妳沒有投降依舊訪問不同領域的傑出者。哪怕與阿信、劉若英那一回，妳已接近耳鳴。哪怕妳主持城市論壇那一次，剛剛從美國動完插管手術回來。

親愛的女孩，此刻過去的妳和現在的我，好似兩個不同的人。但再睜開眼看著妳，我依舊看到甜蜜的

二〇一四年，台大財金系與時任副校長湯明哲一起授課（小人物的國際政治），課後接受媒體訪問。

定格，在這持續不停疾病的八年。

我尤其懷念那時候太陽明晃晃的，妳穿著綠色洋裝從遠處走來低頭的感覺。

妳容光煥發，甜甜的笑容，幸福的女孩！

人本來不可能一直擁有健康。

現在我每次看妳，我知道我比上次蒼老。

這八年，我老得這麼快，但我並不痛苦，依舊抓住每一刻，接受命運的安排。所有的日子對我都是多出來的，我沒有放棄病情可以好轉的希望。

但我也不會強求。

我想告訴天下所有的親愛的你們，人不是緩緩衰退的，一個疾病可以用一年老十歲的速度，甚至用逼著人快速墜向晚年的方式，直接通報你，歲月、回憶、曾經，尤其健康，多麼珍貴。

請用心將每一個日子，每一次相遇，妥善保存。

羅斯福夫人七十六歲後得了和我類似的病，她如何面對？

馬來西亞檳城，二〇一三年。

一九六〇年，她的朋友醫生，診斷她得了骨髓疾病，該病的正式名稱叫「融血症」，也就是免疫系統攻擊骨髓，導致造血功能出問題，血小板彼此一直攻擊，血壓一直降低。

得這種病會導致人很虛弱，經常發燒，溫度雖然不高，日日夜夜身體都很不舒服，而且有的時候會很疼痛。

這種病只能用類固醇控制，但是壽命一定會縮短。

伊蓮娜的態度是什麼？一笑置之！

經歷這麼一生，她覺得自己已經夠了！

甘迺迪上台以後，一九六〇年，她還幫助甘迺迪政府和古巴的卡斯楚協商，交換犯人，此外她也發表演說，製作一部電視連續劇叫《人類的展望》（*The prospects of mankind*）。

在最後生命末期，她寫了一本書《未來就是現在》（*Tomorrow is Now*），明日即是當前，對美國年輕一代提出呼籲，對錯綜複雜的世界，尋求眞正的領導，期許他們負起責任！

她知道自己即將離世，所以寫下所有的準備事宜，包括遺囑等等，她囑咐她想要的喪禮，還把她的財產提前捐贈給想要幫助的人和單位。

一九六二年七月，她的病情開始惡化，無法繼續活動，她還是不向病魔屈服，她很討厭在醫院裡不斷地檢查、注射、輸血，因爲她知道根本沒有用，她得的是一種怪病，很難治療。她不想被這些疾病折磨得精疲力竭，在醫院裡浪費最後的生命。

她寧可回到家裡，待在紐約市的小屋。

一九六二年十一月七日，伊蓮娜辭別人間。

我再唸一次一九五八年、她過世前四年，擔任美國駐聯合國親善大使在聯合國發表的演說：

世界人權究竟怎麼開始？從最小的地方，從最靠近家的地方，但是，往往因爲太靠近了，無法在世界地圖上找到，更無法被虛假的政治人物看到。正是這些地方，是每一個人的小世界；是每一個人居住的社區；是一般老百姓就讀的學校或是學院；是小人物工作的工廠、農場和辦公室。這樣的地方是每一個人，不分男人、女人或小孩，尋求公理和平等機會之處。除非這些權利在那裡具有意義，否則，你們所宣稱的口號，你們所宣稱的主張，在這些地方都不具備有太大的意涵。我們若不能關切人民的活動，並且扶植他們最靠近的這個家，那麼我們號稱將在較大的世界裡所做的所有努力，都只是一場枉然。

——《文茜說世紀典範人物之二：羅斯福夫人》

女人不必在乎老。
妳可以在乎自己活得沒有足夠的熱情，
妳可以在乎自己修爲不夠，
妳可以在乎從來沒有好好珍惜自己。
女人惟一不必在乎的是男人眼中的妳，
不必在乎自己是否年華老去。
那是一個矮化也貶值自己的戰場，而且必輸無疑。
男人以成就、才氣縱橫天下：
我比絕大多數男子有才氣、
有知識、也不算沒有成就，
但可沒有像他們老來如此自以爲是、凜凜威風。
記得，女人不是活著來給男人當賞物用的。
你心愛的小狗永遠不會嫌妳老，
而他比大多數的男人既長得可愛，也更愛你。

我的47歲、55歲和
現在63近64歲。
我實在看不出自己有什麼差別
（反正又有老花又有近視）。
但這十多年我變聰明了。
既看清時局，
參透下半人生的意義，
在疾病中徘徊更歷練了
說捨就捨的本事。
身爲老女人，
我愈老活得愈明白。
老得好！

生命的過程本來注定是由激越到安詳，
由絢爛到平淡。
一切情緒上的激盪終會過去，
一切色彩喧譁終會消隱。

二〇〇六年以爲病痛已遠去，賴悅忠留下的照片。

二〇一四年未生病前開播《文茜的音樂故事》。

二〇二一年雙腿血管破裂，爲避免太多內出血，一直躺著。

如果你愛生命，你該不怕去體嘗，
甚至珍惜那激越絢爛的快感。
或許此刻「青春」的你
正接收了生命從開始萌生到穩健成熟這期間的
種種苦惱、掙扎、失望、貧窮、焦慮、怨仇和哀傷，
但你也容納了它們的歡樂、
得意、勝利、收穫和頌讚。

〜陳文茜

8.

我可能是全世界最聰明的病人

每回比較多的治療口乾舌燥時，我會拿一個威士忌杯，放代糖楓糖漿一點，不要撓和，沉於杯底，一堆冰塊，加點冷水，向牆壁上的偉人畫像敬一杯。

喝了，聽著音樂，真有醉醺醺的感覺。

這不是我的酒後的心聲，我沒醉，我沒醉，我只是一個全世界最聰明的病人。

／

李敖大哥因疼愛我之餘，給了我一個稱號：「台灣最聰明的女人。」

後來我目睹台灣政界、文化界「翻雲覆雨」、一個又一個戲精般的人物，這句話，我絕對不敢當。

別人的盛宴是一道又一道的鴨肝、牛舌……我雖是「一大串葡萄小丸子」，但盤子美。

但我可能是全世界最聰明的病人。

每日服藥及因爲沒有生命激素、荷爾蒙、腎上腺素、甲狀腺素……我必須補充的各種維生素，多到一般人難以置信。

往往張開口都是藥味。

久病成良醫，二十年前我得血尿症，也是免疫系統疾病，開完刀，服藥，病還沒有好，已經胃破了八個洞，之後胃出血住院。

從此以後，只要服藥，即以原味優酪乳吞下。

近期不管用了，天天胃痛，我改用曹雪芹的「上品粥」。以一杯米，對煮十四杯水，加上四杯豆漿（香港阿一鮑魚的師傅教我的祕密），熬煮五小時，以容器瀝乾，只留粥，米不食。

濃稠的粥配藥，不傷胃，缺點是還有藥味。

於是我有時候加上一小塊豆腐乳，或是台南阿霞飯店的 XO 醬……最後一口的豆腐乳，幾乎壓倒所有的藥物。

而且我的藥物，多以清酒杯盛之。端上來，有如和菓子、或是懷石料理。

有時身體特別虛弱，就會自製冰淇淋：代糖、沒有澱粉、香草、Butter、加上小麥草粉，嚐起來如抹茶冰淇淋！

別人的盛宴是一道又一道的鴨肝、牛舌……我雖是「一大串葡萄小丸子」，但盤子美，最後還有生酮冰淇淋當結尾。

近期我又發明了一個專利威士忌。

每回比較多的治療口乾舌燥時，我會拿一個威士忌杯，放代糖楓糖漿一點，不要攪和，沉於杯底，一堆冰塊，加點冷水，向牆壁上的偉人畫像敬一杯。

喝了，聽著音樂，真有醉醺醺的感覺。

這不是我的酒後的心聲，我沒醉，我沒醉，我只是一個全世界最聰明的病人。

人的生命不能重來，疾病或許無法康復：但美好的事物，不要錯過。

風雨過後，爲自己休養的床邊擺了一個小花園。樓下花落葉凋，剛好種了當季的白色九重葛，家如仙境。——二〇二二年

每一個人都會生病，
生命也都會有不可預測的危機，及必然的終點。
不要花時間在恐懼上：
生病了，好好照顧自己，注意醫生交代的細節：
痛，忍著忍著，痛就會慢慢減少：
喘，過著過著，也會慢慢適應。
健康是一個人的福分，它一定有用完的一天。
但這不代表你已經失去一切，
你仍有愛，仍有使命感，
仍有大笑的能力，仍有快樂的權利，
仍有天與地環繞著你。
打開雙手，感念所有的祝福。
是的，雖然我的胸口、全身上下雨中如此疼痛：
但我的臉，仍然可以燦爛如昔。

〜陳文茜

沒有大笑的一天，是浪費的一天。

〜卓別林

9.

快樂氧氣，捎花抵達！

疾病本來奪走不了你所有的一切：它不是死亡，它只是使你的生命改變了另一種篇章。另一種活法。

它有辛苦、有疼痛、有免不了的疲鬱，但它不該奪走你的全部。

只要一息尚存，即全力以赴。

讓午夜的香氣纏綿不逸。

人生初開的花朵何等芬芳，人生最後的花朵，一樣可以香氣十足。

／

我的溫室氧氣房，終於所有器材都完成了！

雖然早已有了製氧機，但一斷電，又剛好喘不過氣時，就慘了。

但氧氣瓶，黑黑的，又是鋼瓶，冰冰冷冷，放在家裡面，看起來像太平間。

生重病的好處是你會遇見許多眞正愛你的人，沒有虛情，不是假意。你若開口希望他們幫忙什麼，只要眞心喜歡你的人，幾乎沒有什麼人會拒絕你。

陳季敏爲我的氧氣瓶特別設計的衣服，生病了，擺個黑色氧氣筒令人沮喪。我的氧氣寶寶每一季換帽子。

今天陳季敏爲我的氧氣瓶特別設計的衣服，終於完成了。

本來奇醜無比的氧氣筒，成爲可愛小頑童。我爲它戴上了一頂 Hermes 的灰色帽子：九年前去美國爲顱部感染開刀前買的。

那一年足足發燒了近半年，風一吹，即頭疼。至今仍無從「恢復原狀」。

這是我的生活態度。平常不 Shopping，生病時一定買好東西犒賞自己。

溫室右邊是歐洲老古董點滴架，人要有遠慮，治國如此，治自己更是。

陳季敏還貼心插了一盆秋味十足的花，氧氣筒來的時候，手臂上還附上歐洲玫瑰花。

閉上窗戶，拉起窗簾，擋住黑夜。氧氣筒的裝束像以前青春歲月的我。我跑不動了，它代我奔跑。

擺著蘭花的義大利邊桌，都是歲月的塵埃，桌腳是南禪寺、成吉思汗、Smokey、李敖大哥大……那些我逝去的孩子，他們留下的齒痕。

如今像刻在石碑之上的想念。
小熊座般的燈，溫柔地亮著，一種特殊的陪伴。
床頭上閃爍的燈，形象著我的心。
閉門不出，又如何？
至少對我而言，這裡是世界上最幸福的角落，美好的東西未凋亡。

氧氣筒來的時候，手臂上還附上歐洲玫瑰花。只要一息尚存就要想辦法歡樂大笑。

疾病本來奪走不了你所有的一切：它不是死亡，它只是使你的生命改變了另一種篇章。另一種活法。

它有辛苦、有疼痛、有免不了的疲鬱，但它不該奪走你的全部。

只要一息尚存，即全力以赴。

讓午夜的香氣纏綿不逸。

讓拂動的花束，可以喚醒你那同樣的甜蜜情意，香氣向著你吹拂，生活仍在歡笑，生命美好如初，而且別有意境。

你比過去的你善良，寬厚，珍惜，愛朋友，疼親人，寵毛小孩；你比過去更有使命感，更努力工作。

因爲你比常人明白，時間的流逝和珍貴。

生一病，長一智。

從此沒有任何人情包袱，可以囚禁你的思想和雙眼。

健康時候的你往往過度忙碌，任由機械性的外界，訂造你的日子。

生病時刻，某些免不了略黑細節會赤裸地呈現；

你的來日不多！

但人生初開的花朵何等芬芳，人生最後的花朵，

一樣可以香氣十足。

擺著蘭花的義大利邊桌，都是歲月的塵埃，桌腳是南禪寺、成吉思汗、Smokey、李敖大哥大……那些我逝去的孩子，他們留下的齒痕。

哦，窗戶看見，牆壁記住，
那花園懂得忍受悲傷。
一棵樹轉身問：
誰沒有來，爲什麼不好，
何必空虛、何必沉重，一言不發？
那花園會忍受悲傷。
苦澀的康乃馨叢，長在路邊。
那裡雲杉幽暗，深不可測。
那花園會忍受悲傷。

改寫《悲傷的花園》，芬蘭詩人
伊迪特・索德格朗

聽・一首歌

Lippen schweigen ‘s flüstern Geigen
by Anna Netrebko and Placido Domingo

10. 我想累積更多的繁華「遺照」

我純粹覺得，每個進入晚年，尤其生了重病不太容易四處走動的人，不妨好好溫柔地擁抱自己的過往。最好的方法就是整理往事照片，它勾起許多回憶，我們可以輕輕撫摸它，淺淺微笑面對它……

原來大多時候我們都未意識，每一次都將是此生中惟一一次。

親愛的，這個人生，不論哪個國度：所有我曾領略過的一切，我曾經果敢的笑聲，我那有時豪放不羈的性格，我藏在靈魂深處中甜蜜的放縱；所有我明白的、不明白的，都不會再重逢。

／

我當然已經老了。

經常有人對我說：「我永遠記得妳。那時候人人都說妳又聰明機伶、又美，但對我來說，我覺得現在的妳比年輕的時候更美，那時妳是個年輕女人，什麼角度都迷人。但與當時的妳相比，我更愛現在的妳。」

這句話很像莒哈絲的作品《情人》，開頭一段結尾的一句名言：「我更愛你現在備受摧殘的面容。」

這二十年，尤其近年陸續生病，直到變成以「病人」爲職業，我也漸漸愛上自己。我也愛上自己尚未備受摧殘前的日子，愛上那些回憶。

原來每一個走過的地方，未來大概都沒有機會再回去。

原來每一次，都是最後一次。

朋友的父親往生，整理許多照片、資料。她才發現自己不認識爸爸，而爸爸也不眞正地認識她。

三姨丈幾天前突然過世。表妹爲一輩子奉公守法在台電公司擔任工程師的父親整理資料，發現爸爸所有的畢業證書、高中報考證都保留著。三姨丈是來自彰化鄉下的孩子，可以接受高中教育，最終進入成大，進入台電公司，到荷蘭進修；他的每一步都不容易，所以一張「報考證」，都好好收著。

只有他，才知道經歷的那些地方、事物，代表什麼意義。

我曾經守著紐約中央公園，從三點，等到日出，太陽曬著東邊的石頭高樓，灑了一片金色。這裡是所有名人名事的聚集處。十年前還指著某棟俄羅斯肥料大王買的新屋，他一口氣買了幾層，轟動曼哈頓。一場烏克蘭戰爭，他留在莫斯科，房子被沒收、拍賣，即將有新主人。

舅舅面對紐約中央公園的大樓窗框，就是歷史。

紐約卡內基大廳（Carnegie Hall）旁邊的 Russian Tea Room，現在還有人去嗎？

其實 Russian Tea Room 老闆是亞美尼亞人，在鄂圖曼帝國大屠殺中，祖先逃到了俄羅斯，輾轉來了美國。一九九〇年代冷戰結束，這裡可是大明星婚禮、許多遊客、音樂會貴賓的朝聖之地。二〇一九年，隨著俄羅斯的形象，這裡已經門可羅雀。

我們去的那晚，只有兩桌客人。服務人員仍然是亞美尼亞人，我才說了幾句簡單俄語，他即備感親切。等我表示對於他們族人當時被殘害的歷史高度的同情，超過一百年前的歷史，仍然牽引著他。他們幾個衣著整潔的工作人員，立即送了我一瓶只有亞美尼亞人會送朋友的酒。

這是我和他們偶然相遇的第一次，應該也是最後一次。

二〇一五年，去了天津一趟，才明白小時候的歷史課本，簡直只有人名和年代，白讀了。民國初年，所有在北平倒台的袁世凱、曹錕、黎元洪、被馮玉祥趕出故宮的溥儀，失去東北的張學良……包括清朝貴族、權傾一時的太監小德張，全落腳此地。我特別拜訪「利順德」，張愛玲小說中不經意炫耀她可以高人一等吃西式蛋糕的地方。天津是八國聯軍清朝戰敗後的租借地，卻因此繁華起來，號稱中國人的華爾街，各國銀行皆設立辦事處於此，銀行專收中國歷代的貪官污吏的錢，大發利市，從清朝一路收到民國。

這些原來在北平鬥得你死我活的政敵，混居天津後仍天天想著如何反攻北平。於是敵人化解了，一起或議論國事，或湊一桌打麻將，或是一起票戲。尚小雲、孟小冬，都是在那裡唱出大名堂的。

我看著歷史演變，在溥儀的「靜園」門口冊子上題字：「夢斷天津」。唱戲就算了，幹嘛老念著不可

戴上溥儀的復刻眼鏡，我對這個備受摧殘的面容評語：尚可。
——二〇一八年，天津

能復返的權力呢？

戴上復刻的清朝末代皇帝眼鏡，給自己留張照片。當時心想：權力啊，使人發瘋，使人變小丑。

那張照片，當然是絕版。不會有下一次。

無論我在世界哪個角落，家中助理總會傳小孩們的照片給我。於是手機上自動整合的歷史影片，一會兒MIT，一會兒龍蝦，一會兒史先生，還有南禪寺、成吉思汗、小甜點、饅頭……這些照片的穿插，只有我知道為什麼。我沒有一天，不掛念我的孩子們。

開始整理「遺照」，不是我明天、明年、後年……就要死了，趕緊自己整理資料，搞什麼生前喪禮。我純粹覺得，每個進入晚年，尤其生了重病不太容易四處走動的人，不妨好好溫柔地擁抱自己的過往。最好的方法就是整理往事照片，它勾起許多回憶，我們可以輕輕撫摸它，淺淺微笑面對它……

原來大多時候我們都未意識，每一次都將是此生中惟一一次。

親愛的，這個人生，不論人在哪個國度：所有我曾領略過的一切，我曾經果敢的笑聲，我那有時豪放不羈的性格，我藏在靈魂深處中甜蜜的放縱；所有我明白的、不明白的，都不會再重逢。

如今我是如此愛慕著過去的點點滴滴。

誰又能保證，即使有另一個世界，

我會有如此精彩的旅程？

我仍在抗拒自己身體的匆忙消逝，但我已知即使還有力氣，我不會再是以前那個小心點，帶好急救針、藥物，就可以自由旅行的我。

世界是一幅流動的大畫，我還有好多夢、好多色彩想塗上，想奔去。

我還想累積更多的「繁華遺照」。

而且自己整理。

即使吊著點滴。

往事照片，它勾起許多回憶，我們可以輕輕撫摸它，
淺淺微笑面對它……放下它。
甜蜜轉換成另一種模式，
留在心中，永遠永遠。——二〇二〇年公視

我知道我們都跨不過某些命定的結局，
可是我想用力跑，跑過這一次的死亡。

／

我找到也回到我的七歲，
人生第一首也是永雋的鋼琴曲。
我流淚了，人生啊，珍藏著各種的記憶。
最後它還是惟一。
時間不過是水，
每個生命都是和水相遇的細小沙粒，
音符輕輕又戲劇性地打開，一如春天。
所謂一天，不過是太陽的升起，
翻過天空直日落下的波濤，
接著月亮、星星在黑暗中燃起燦爛的王宮。
所謂一生，不過是落地心跳的第一刻，
躍入青春、抓住一點瘋狂，

最後點著蠟燭，
聽著一首七歲時的音曲，
慢慢收回呼吸。
有一天我們都得扔掉你所有的「家」，
那是我們眷戀的總和。
永遠不再回來。

陳文茜

聽・一首歌

Impromptu n°3
by Schubert

11. 二〇二四的渴望之詩：寫給我的巴黎奧運夢

巴黎歲月的
遺骨在我的齒間骨裡破裂，
它曾是我的生活，我的愛，我的白日夢。
誰能
無關緊要地把她給扔了？
即使凡俗瑣事，想起來都是甜甜蜜蜜。
我記得在某個
岸邊的餐館
我們一起喝紅酒，
塞納河上太陽炫耀著它的金鱗
沉沉浮浮。
金色的陽光浸透我們的皮膚，

穿透我們的靈魂。
你說，「我現在死而無憾。」
我回，「俗氣透了。」
你親吻我的額頭，
我以爲平常不過。
時光告訴我們，
那段愛情終究也是浮浮沉沉。
此刻金光耀眼，
之後沉入黑暗。
巴黎的歲月啊，
現在
我比起那時
更接近死亡。
巴黎的歲月啊，
誰沒有在那裡愛得遍體鱗傷？
誰沒有站在敞開的窗邊，
望著潮濕的空氣
纏綿。

巴黎的歲月啊，
我們喝下的
甜的水，苦的水。
全是妳。
巴黎的歲月啊如此遙遠，
但在回憶中它一直閃光。
巴黎的歲月
抓住了我，
氧化了我。
我想要頭髮裡留點巴黎歲月的氣息，
我想在夢中再聽塞納河水說話，
在夢中額頭上掛滿巴黎空氣的吻。
直到我、巴黎、一切
沉入黑暗中。

時光也告訴我們，所有你曾經努力以赴的夢想任務，都以雙倍的意義回歸你的生命。——二〇一五年參加聯合國氣候變遷大會 COP15，巴黎大皇宮凱旋門前主持四集《文茜的世界周報》

「時間」，
是埃及人留下的智慧，
也是生活秩序留給你日復一日的框架。
可以精彩地抓住時間，
可以無視於時間。
抓住時間，因爲它太匆匆；
無視時間，因爲它太無情。

陳文茜

在陽光裡，
世界始終是我們最初與最終的愛。

卡謬

12.

「死神」，我不想理你

許多人說我是生命鬥士。

我不是。

因為說到底，我們都鬥不過死神；但我可以在它尚未降臨之前，不理會它。

生命往往早已描定我們的式樣，太薄弱，是人們的想像。

可以打敗它，也是人們美麗的幻覺。

我很平靜地接受未來的答案。

一些聰明人，五十至五十五歲即懂得捨下穩定的工作。

但什麼叫穩定？

我們每個人都以不同的方式、速度，「穩定」地老去。

並且有一天必須接受死亡。

我是生活的信仰者，活一天快樂一天。

不能出門，也可以在家尋開心。

今晚吃了大閘蟹粥，我多麼不虧待自己。

不管未來如何，我仍然計劃，明年帶著氧氣、特別護士、急救藥品，去佛羅倫斯。

反正生命不會太長，什麼都是身外之物。

許多人說我是生命鬥士。

我不是。

因爲說到底，我們都鬥不過死神；但我可以在它尚未降臨之前，不理會它。

生命往往早已描定我們的式樣，太薄弱，是人們的想像。

可以打敗它，也是人們美麗的幻覺。

我很平靜地接受未來的答案。

明天還要錄影工作，剛剛修改俄烏戰美國共和黨

開始認爲不該無限期支持，特拉斯（Truss）首相辭職

回顧英國脫歐公投六年來的政治走向，中共二十大，習近平十年科技政績幾乎都是空談，堅持使用「中國本土疫苗」，結果清零清到經濟快要變成零。

二十大演講，幾乎主要重點喊話「國家安全」，忘了中國是靠著改革開放、經濟成長，才有今天。

瞧，這些事情好像離疾病很遠。

所以健康的人，中老年後要盡可能遊玩。

生病的人才工作。

好友凌宗湧今天送來的花。建築師陳秉信割愛的露營椅，使我可以在陽台看山，幻覺自己正在露營。

這個夏天太唐突
於是將繡球花放進水槽，
至少冰冷的瓷磚
是溫柔的。
將每一根莖
斜斜地剪去一截，
摘掉發黑破損的葉子，

置入新鮮明亮的水中——
於是，它們變成漂浮而非飄零的豔景。
風淡淡的、
太陽濃濃的，
花在水中
不必虛無垂喪，
至少，這一刻鐘。

／

在你認識死亡之前，請不要告訴我，
你知道什麼叫「空虛」；
在你體會不能呼吸之前，請不要告訴我，
你明瞭生命光是呼吸就是件多麼美麗的事；
在你理解心口即將停止跳動前，請不要告訴我，
你已體悟何謂扎實的生命。
但你若認識黑色，
才明瞭什麼叫彩色。

如果你問我：人最好的年華是什麼時候？
青春？童年？或者中年？
我的答案：都不是。
人最好的年華是，當你體悟死亡的智慧時。

《愉悅哲學：給逆境中的你》

～陳文茜

夕陽傾灑著最後的霞光，
晚風輕搖著蒼白的睡蓮；
一片巨大的睡蓮在蘆葦中、
在寧靜的水面上淒淒閃亮。
我沿著水塘，
獨自於柳林中漫遊，
迷茫的夜霧上空出現巨大的漸黑幽靈，
它如死亡、它似哭泣、
它沒有聲音，
星星拍著翅膀浮遊宇宙。

當我獨自漫遊柳林中抬頭浮想；
那厚厚的濃黑宇宙淹沒了夕陽、
淹沒了最後的霞光。
獨留細小的蘆葦間、
寧靜的水面上自以爲巨大的睡蓮。

改寫自法國詩人．魏倫

聽．一首歌

Summertime
by Carol Kidd

13. 我不會流淚，也不必流淚

生命的尾班車也可以像玩，如果有些奇遇，重新開始，如春天推你，輕輕推，直到最後通牒為止：你過去了。

它只是一朵中止開花的玫瑰。

／

我像殭屍一樣復活了。

病了整整四年，尤其過去這一年半，我寫了遺囑，托孤小狗，爲自己安裝氧氣溫室，準備把「傳統的安寧病房」打造成「史上最美麗的溫室氧氣病房」。

結果在所有愛我的朋友、我的醫生協助支持下，我雖然還在服藥，但居然「復活了」。

儘管疾病還在，但血壓已經不是動輒一六〇，頂多天氣大變時，升至一三八。台北氣溫一下降，我就溜來台中。

剛剛量血壓七〇至一一三，喜極「想」泣：但免疫系統攻擊了我的淚腺，我已經不會流淚，當然也不必流淚。

一個人不能避免他的命運，這點我是清楚的。

在每次一呼一吸中，我明白這不會太久。我沒有給予自己期望的年限，但爲了一些我還在乎的事情，例如《文茜的世界周報》，尤其爲了我還年幼的毛小孩，我努力讓自己接受不同的治療。

在他們的笑容裡，尤其西西里島只要看到我虛弱的時候，一臉可愛的憂愁，她如此深刻印象去年我休克於浴室旁，這一年只要我在浴室，她永遠守候，若是助理把她帶走去散步或是吃飯，她會哭泣。

她可能是世界上最愛我的動物，在我危險的時候，她參與急救，她希望安心地愛著我。

一生守候。

爲了他們，爲了所有在乎我的人，我每天用不同

把他們抱在懷裡，
「媽媽會爲你們努力活下去。」

的方式，讓自己進步，哪怕只有一點點。

知道台北變天，我避難至台中故鄉。我的主治醫師腦科權威王署君認眞要求我統計每天早上、晚上的血壓、心跳、血氧濃度。

答案：台中對我就是減少免疫攻擊的一顆大藥。

我不是一個會躺在床上，接受自己病奄奄的人，除非血管破裂。於是從每天澆玫瑰花、走上屋頂做芭蕾標準操、剪枝花園多餘的枝葉……我慢慢地，進步。

今晚我給了自己一個大考驗，我已經超過半年沒有煮飯，純粹體力不足。

最後一次是饅頭住院時，我幾乎用盡了力氣，全身大汗，爲他做一大份營養餐。之後躺在床上三小時，才恢復平靜，心跳沒有超過每分鐘一二〇下。

但今晚，我好似殭屍復活。

台中濕度只有不到四〇的環境，我感到前所未有的能量。於是爲自己煮了一個火鍋，牛肉夾出來給小朋友分食，煎一下少油。

尤其生病後，我因爲身上沒有許多維持生命的維生素，靠吃藥補充。一天到晚上，大約從各種藥物到不同維他命、鉀、鎂……一天大概服用二十五顆左右。

但我的手，有時候仍然會和帕金森病人一樣，一直抖。

今晚我堅持自己蹲下找盤子、裝火鍋食物、沾醬，端到餐廳桌上。筷子有點晃，我對自己的信心，「妳可以的」，我真的做到了。

吃完晚餐，我全身大汗淋漓，衣服濕透，我繼續整理花盆。換掉一些不適合的花瓶，或是重新插花。等到最後一盆玫瑰花的水換完時，我才投降。

癱在地上。

西西里島很緊張：以爲我又昏倒了。東大寺、丘吉爾也趕快跑過來吻我。我把他們三個抱在懷裡，「媽媽會爲你們努力活下去」。

孩子，不要怕。

此時牆上我設計投影的十分瀑布，明亮生動，照亮我和孩子們擁抱的一刻。

生重病不必避開面對死亡。做一個好病人，把訴苦的力量，拿來克服困難。

每天，一點點。

生命的尾班車也可以像玩，如果有些奇遇，重新開始，如春天推你，輕輕推，直到最後通牒爲止：你過去了。

它只是一朵中止開花的玫瑰。

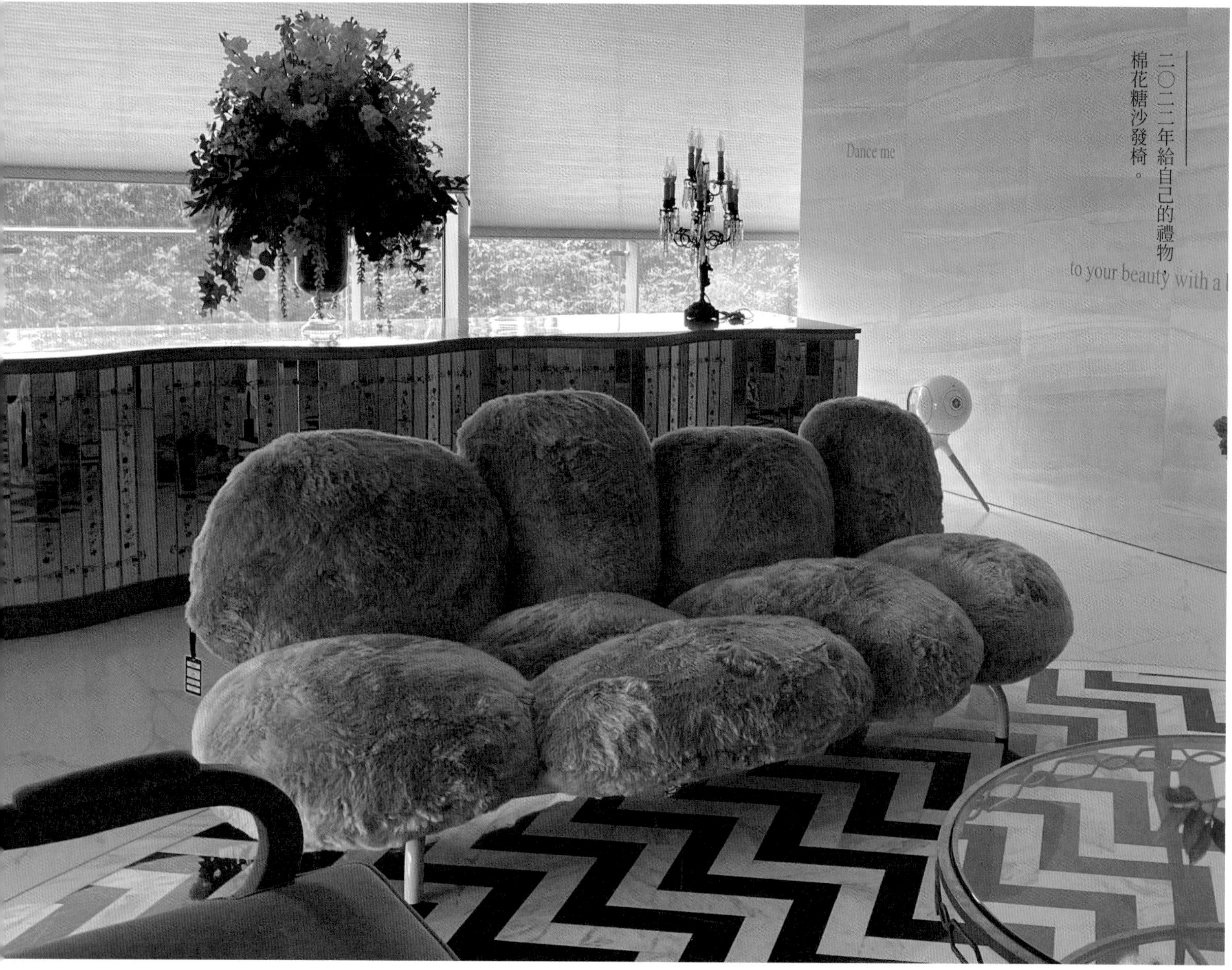
Dance me
to your beauty with a

二〇二二年給自己的禮物，
棉花糖沙發椅。

14.

把讚美留給自己

永遠不要吝惜對別人說愛的話：
因為你不知道多久才會見到他，
或者能不能再遇見她。

這是一連串白痴與天才的故事。
今晚蔡琴貼了一段文字給我：

「妳可能不知道妳的歌聲
不只是歌，
不只是無與倫比的嗓音。
它是不同時代的人，心情的依託；
是妳不相識的人哭泣的知音；

是人海茫茫，是即將死亡者，如天使的擁抱。」

我當下的感覺：誰寫了如此動人的文字，形容蔡琴？

那必定是個天才。於是在此文邊，按了一個愛心。之後再往下看下文，原來這是她準備在今年耶誕期間「雲門劇場」中心，爲雲門免費募款演唱時的開場白。

她想把這段話背起來。

是的：這一生顛顛簸簸，老天爺給了她特殊的歌喉，也給了她寂寞的長巷。

但哪個天才寫了這段文字？短短幾句，輕輕落下，道盡一切？

我納悶著。

蔡琴二十歲就出來唱歌，爲了父親，爲了幫父親治病。她是辛亥革命開第一槍蔡漢卿的孫女。但，這不是她會選唱「秋瑾」的理由。

蔡琴是女兒身，更是俠義之人。或許骨子裡，她比更多男兒好漢更懂得承擔與付出。

她柔情的聲音下，有太多忘不了的往事。但她一一放下、成全。

人生看起來，破了一個大孔，但她以愛彌托。

葉落的惆悵，斜月清照，皆沉澱於她的歌聲。

那是上帝的旨意，她不是來尋覓世間平凡的過客，藉由歌聲，花已老的她，成爲衆人、好幾代人心情的依託。

在某個夜晚，某個片刻，她是不知名哭泣者的知音。

許久沒有好好聊天的我們，打起了電話。這段期間的風雨，簡直快要奪了我的命。逃到台中，全台降溫，我的血壓可以高達一五〇，也可以突然降低至八九—六〇，頭昏腦脹。

聽了半天她的敘述，才知道那是我一個月前，寫給她的。

哈！原來我稱讚的天才是我自己。

而我已經毫無記憶。

腦子，沒有了該有的記憶，這樣的百病人生，我還不習慣，感覺有點沮喪。

但「白痴」也有白痴的好處。

我不把悲傷留給自己。

我把「讚美」留給了自己！

永遠不要吝惜對別人説愛的話：
因爲你不知道多久才會見到他，
或者能不能再遇見她。

／

人們總天眞地以爲百花時節，
可以又逢君。
所以我們那麼揮霍生命，揮霍腳下。
其實花開花謝之間，
花語流浪之間，
生命也在流動，
海浪也在潮退。
之後，大家都是老去的人了。
但來過，離開。
好過：不來。

～陳文茜

聽・一首歌

Song to the moon
by Dvořák "Rusalka"

15. 一個人的七里香

只有當一個人可以圓滿自己的時候，你才能對外追尋；否則只是拖著殘缺的自我，試圖藉由他人，補足自己的破洞，終而辜負也拖累了他人。

有多久？我已忘了花香的味道。

生病之後，每天生活、工作、連洗澡都是考驗，都需要他人協助。

身體虛弱，再堅強的心自然也會脆弱。

人一脆弱，就會外求；就會禁不住外界的情感，承受不了過度擾亂的心。

兩年了，我終於完全抓回了自己。

昨晚錄影工作回家，路上，看山是山，望月是月。

沒有遐想，沒有牽掛。

雨下著，風颳著，身虛著，心卻是實的。

人過中年，會慢慢明白許多年輕時美好的夢想和嚮往，不過是不切實際的幻夢。

眞正的夢，在你眼前，在你心中。

只有當一個人可以圓滿自己的時候，你才能對外追尋：否則只是拖著殘缺的自我，試圖藉由他人，補足自己的破洞，終而辜負也拖累了他人。

一生少有的平靜之心，交回來了：終於徹底逃脫人情的牽掛。

此時鄰居的院子裡，飄來陣陣花香，走進一探，小小的白花，七里香：那麼不起眼，卻那麼濃郁撲鼻。

回到童話故事般的山居小家，史特勞斯、忽忽集團、東邪西毒、丘吉爾皆笑臉坐玻璃門後，盼著我的腳步，盈盈流露著雀躍。

喘歸喘，生活還是要有儀式。爲自己砌一壺薄荷茶，走至屋頂，夜風輕徐，人生沒有秋涼，只有冬風，很冷。但不愁客少，心喜一人，安靜中帶著淡淡的喜樂。

月明此時不是孤光，我將七里香放在一個小盤子內，分點香味給天上的月娘。我和月兒，一個在天，一個在地，彼此相伴，抱著受傷的忽忽，誰又需要感覺淒涼哀嘆呢？

人，最大的孤單反而是你被他人外界擾亂、撕開、而且沒有辦法清理好自己的時候。那樣的你，幫不了無助的他人，自己也跟著陷落。

破碎的心，碰撞一起，有時候只會裂得更徹底。

慶幸心，因爲一場大病終於自由自在地回家了。

托起一串七里香，空中舉起，畫一個圓。

一個人圓滿的感覺，勝過一切。

每回遙望星空，心總是一片純淨。
瞬間的，不需任何人提醒的，
你明白星空如母愛，它匡罩著你。
仰望星空時，請抓住每一個感受，
感受遼闊、感受悠遠……
這會讓你看見人類的渺小，
這會讓你真正地聽到自己的呼吸，
學會慢慢地生活，愛，放手。

陳文茜

16. 不慌張趕路，過好每個今天

泥土尚可發芽。我比泥土強壯，我還沒有死去，我還可以感受到每日的閃耀，從國際大事，到生活小事，到一枝花，到一抹陽光。

夢中穿越的閃耀，更將我帶到某個更遠的地方，或者我早已經過、沒有將它認出；或者我尚未抵達。

今晚台中月光明媚，月光滲進臉龐，我一直看著鏡子中這張臉，還百看不厭。

這是我的臉。它不是漂亮的臉。

但它很柔和，柔過月色。

生病了，只要一口氣在，腦袋還清楚，就要告訴自己：我可以，並且努力工作！

是的，我得了重病。

多數時刻很虛弱，下肢末端血管會破裂，白腿變花旦。心跳不必遇見心愛的人，即「大鹿亂撞」。

即使經常臥床，吸著氧，兩個鼻孔放製氧器，挺像老人院垂亡之人；但我仍要愛，尤其要愛生活，我要爲自己每天的快樂負起責任。

暗夜裡一燈之火，總還是能帶給我些許溫暖，也許還能引發想要說出心中熊熊烈火，說清我們這個混亂的世界。

我學會了不慌張趕路，眞累了，即泡湯休息，把身體上過多的水分排出，按自己的節奏，步履不停地過好每個「今天」。

尤其我發現自己疾病的特色，愈專注，雖然事後難免帶來一絲絲虛脫，寫盡世間的潮起潮落；完稿時，內心深藏的愉悅，難以言喻。

這不是過去尚屬小病的我，可以體會的。以前的我，絕不放過自己，也很少讚許自己。

現在，不過是立願寫一本「全球化逆轉」主題的書籍，寫完一篇文章，一氣呵成，兩小時二千一百字；三小時三千四百字，我的腦下垂體功能已死，不分泌該活命的腺素；卻不知道從哪個區塊鏈開始分泌「自我吹噓」的激素。

泥土尚可發芽。我比泥土強壯，我還沒有死去，我還可以感受到每日的閃耀，從國際大事，到生活小事，到一枝花，到一抹陽光。

夢中穿越的閃耀，更將我帶到某個更遠的地方，或者我早已經過、沒有將它認出；或者我尚未抵達。

今晚台中月光明媚，月光滲進臉龐，我一直看著鏡子中這張臉，還百看不厭。

這是我的臉。它不是漂亮的臉。

但它很柔和，柔過月色。

這是我的臉，它不是漂亮的臉，它是病中的臉。
但它若柔和，有時可以柔過月色。
——二〇二二年五月 TVBS 攝影

什麼叫做平靜？
它何嘗不是另一種熱情？
在那裡我們自己煨著自己，
讓心中的小火慢慢燉著，
閱讀，寫作，訪問感人的故事，
插一盆美麗的花……
讓自己活在一個聞著又濃又郁的香氣世界中，
即使服用著大量的藥物，
也可以歡喜自在。

我們將會以比擔當我們的歡悅
更大的信賴去擔當我們的悲哀。
因爲它們（悲哀）都是那些時刻，

陳文茜

正當一些新的、陌生的事物侵入我們生命；
我們的情感蜷伏於怯懦的侷促的狀態裡，
一切都退卻，形成一種寂靜。
於是這無人認識的「新」，就立在中間，沉默無語。

～里爾克

17.

沒有人不需要親情，即使你佯裝「孤狼」

親情是一支無形的笛，在空氣中喃喃低語。它是最溫柔的歌謠，它是柳絲下微風小河的波紋。

村上春樹曾經有句名言：哪裡有喜歡孤獨的人，只是不得已而已。

我當時看了，並不以爲然。與朋友聚會，還算快樂；但社交場合令我頭疼。

我向來不喜僞善。但總要維持對他人的包容，看著對方的優點……忘了我目睹功名利祿的厭倦感。

但生病這兩年，加上去年疫情嚴重後，我被醫生下令隔離。尤其我一直不能施打 Moderna 的疫苗，這使我近八個月來，幾乎處於與世隔絕狀態。

若有朋友探訪，心中的歡愉及感念，難以言喻。

但多數時候，我接受孤獨，似乎也樂於「我的隔離人生」。

蘇東坡被流放海南島後，也看似穿透紅塵。等到朝廷最後決定讓他回到故土，到了杭州，他最後的願望是見弟弟一面。

但死神沒有給他機會。

這是什麼意思呢？

人可以離群索居，但任何狀況下，親情永遠是我們最後割捨不下的情感。

那是親中之親，愛中之愛。

我在這個世界上最親近的人是我的兩個舅舅，尤其我的美國舅舅。

四年前我開肺腺癌，他特別從美國趕回來。

四年後，他看我狀況不太對勁，我又不小心電話中說溜嘴：我生前最大的願望是到美國您的 Lake House，如天堂的地方，再探望你們一次。

結果七十八歲的他，飛回來。這幾天和我一起住在台中，今天又和阿姨們一起至外公外婆墳地掃墓。

親情是一支無形的笛，在空氣中喃喃低語。它是最溫柔的歌謠，它是柳絲下微風小河的波紋。

水面波紋淡淡的，底下水流卻很深。

親情是歡樂的頌歌，如林鳥的歌聲。輕，愉，而且不擾人。

沒有一種感情可以取代親情。

沒有人不需要親情。即使你佯裝「孤狼」。

這三天是我生病兩年多，尤其非常辛苦的這一年，最快樂的日子。

今天祈拜外婆：

(1)希望她的兒女們能健健康康，快快樂樂。

(2)希望她保佑我，這不是我最後一次有能力來看她。

(3)我感念這一生，她曾經給我無限的愛，使我有足夠的毅力面對生命中的起伏：更感謝她留下舅舅，使我每次在人生疾病的時候，永遠知道世界上有個親人，他會毫不猶豫地鼓勵我，使我更有能力面對現實中的一切折磨。

今天晚上他一走，我悵然若失；倒是東大寺、西西里島分別咬傷他，舅舅也是愛狗人士，但知我愛狗如痴，故意開玩笑地說要把他們變成Hot Dog！

我趕緊把兩個小混孩，關在後面大陽台。

兩個Hot Dog，看他一走樂不可支……衝進室內，跑來跑去。

歡送他們。

而且還到電梯口吠幾聲。意思是：相逢何必曾相識。

哈哈。

美國舅舅和我擁抱再見後，在高鐵上寫下了一段文字：

「不論我走到何處，不論時間隔得多久，我們的感情，永遠不變，互相的祝福。」

我們在外婆家一起長大，他像我的大哥哥，大我十三歲。外婆在我十七歲往生，當時的他不過三十歲；卻自己白手起家，到美國創業，讓這個曾經因爲二二八事件而潦倒的家，重新富裕。

舅舅永遠都說：外婆最疼愛的是我們倆個，外婆走了，我的家就是妳的家。

從某種心情上，我感覺外婆從來沒有眞正離開我。外婆的離去不是終結，她留下舅舅、阿姨、我的媽媽繼續照顧或是陪伴我。

今天拜墳時剛好是陰天，只有短暫的陽光探出頭來。我喘呼呼地布置好禮物、酒，插好鮮花，剛上香，背後開始刺痛。

抬頭看，陽光出現了。

不能曬太陽的我，當然必須回到車上。

我對著天上的外婆說：謝謝妳給我的一生。

親情沒有前提，它如水中的月色，如神話，它是原型，它是永恆的靈魂，充滿了力量。

your beauty with a burning violin.

親情如一盆盆豔麗盛開的花朵，
它在每個轉彎處，擁抱妳。

回憶過去，所有人生波浪，
都只是大海不想了無痕跡行走的舞動。
浪最終打在岸邊，是告別，也是親吻。
心若如大海，即使死亡，海不會是黑色。

／

時光在追趕，在衰老，在流逝，但也在升起。
朝霞灑入花園，
大雨終於停了，
窗框鑲上閃閃銀緞，
十一月的陽光，染色整個花園，
樂壞了我，和我的孩子們。

～陳文茜

18. 記住：你是獨特的

每個人的生命都只有一次，所以誰不獨特呢？「獨特」不是指他人的眼光和評價，而是對父母、對親人、對自己而言，「你都是唯一的」。

回顧多數人一生，快樂的時間少，痛苦、悲傷、憤怒、沮喪，或者沒有感覺的時候反而更多。

而人改變生命態度的絕門方法，就是練習與死亡對話，當你明白生命是有限，而且深刻體會時，你可能完全變了一個人。

首先你一定得悟出一個道理：「我是獨特的」，這聽起來很囂張，和一般提倡的謙虛好似相反，但它其實並不衝突。

因爲所謂獨特，指的是每個人的生命都只有一次，所以誰不獨特呢？「獨特」不是指他人的眼光和評價，而是對父母、對親人、對自己而言，「你都是唯一的」。

不要相信什麼來生輪迴，那是逃避，在某個程度上，它會讓人不能好好面對人生。

一些宗教信仰可能會幫助人在面臨死亡時沒那麼恐懼，但在平常的人生階段，它若讓人產生「反正我還有輪迴，我還有下一生」的觀念，每個人對自己這一生，反而會不積極。

死亡很殘酷，它讓每一個人，哪怕成功的人、諾貝爾獎得主、賈伯斯，最終都會和販夫走卒一樣，即便之前他們的卓越超越絕大多數的普通人。但當疾病上身時，該輸血的就要輸血，該化療的也沒法逃避。

死亡是一個好老師，教導也迫使你改變。我想舉兩個動人的故事：

(1)二十歲罹癌、二十五歲就離開人世的日本女孩山下弘子，死亡讓她變成了一個快樂的人、樂觀的人，讓她生命中的分分秒秒、日日夜夜都過得比一般健康人有價值。

她從一個宅女，變成四處旅遊冒險的人。最後的五年，她的快樂勝過前面自尋煩惱的二十年。

(2)美國現年六十七歲的「超級馬里奧先生」馬里奧．薩爾塞多（Mario Salcedo），他退休後給自己安了一個「海上的家」，一年三百六十五天平均有三百六十天在郵輪上。他總計參加九百五十個航程，共六千九百天，折合成「年」大約是已經在海上玩耍十九年，如今他的行程訂到二〇一九年五月。

他不想面對退休後老來沒有朋友、沒有親人，每日自己煮飯、除草的日子，於是把房子賣了，環遊四海，他知道自己已經過了大半輩子，剩下的沒有完成的工作就是：「如何快樂地活著。」

我在不到六個月內，失去三個小孩。
他們以生命的無常、痛苦、解脫，潛移默化了我，接受死神。
接受我自己的消失。

當我開始眞正愛自己，
我不再繼續沉溺於過去，也不再爲明天而憂慮，
現在的我只活在一切正在發生的當下。
今天，我活在此時此地，如此日復一日。
這就叫「完美」。

卓別林《當我開始愛自己》

死亡就是對人世的挑戰。
死亡是渴望溝通的一種努力，
人們卻感覺無法深入到事物的核心，
因爲它總是神祕地迴避著我們，
近在咫尺又似乎遠在天涯。
歡宴之後，留下的是孤零零的一個人。
死亡之中，卻有著擁抱的暖意啊。

維吉尼亞．吳爾芙

19. 離苦得樂新解

離苦當然好，生病到最後，真的太苦了。

但什麼叫做「得樂」呢？

它是一種信仰。

一種我們看不到、摸不著的「事實」。

它安慰了即將失去生命的人，也撫平了失去親人的傷痛。

但人的生前，可不可以「離苦得樂」呢？

／

人終了前，多半是苦的。腎臟病、心臟病、肺炎、癌症……尤其是癌症，針扎身體每個血管，瘀青滿手，血管變形，滿日服藥，口破舌乾，美食當前，食指也動不了。

一個「苦」字，概括了一切。

身體的苦，心中卻想活下去，但同時忍受無法忍受的痛楚，只爲了恐懼生命終了的聲聲沒沒，什麼都消失了。

我們曾經在乎那麼多不同的人與事，情與怨，瞬間滅了。

寧可和那個隔壁的阿德，再爲可笑的事，打一架；也不要，從此什麼都沒了。

人走向死亡，預知死亡紀事，時間一分一秒過去，滴滴答答，最後連自己的追憶都沒了。

死亡有顏色嗎？

它是黑色嗎？

由於任何一個人的死亡都是生命最大的難關，於是「離苦得樂」成爲宗教中，安慰人的四個字語。

離苦當然好，生病到最後，眞的太苦了。

但什麼叫做「得樂」呢？

它是一種信仰。

一種我們看不到、摸不著的「事實」。

它安慰了即將失去生命的人，也撫平了失去親人的傷痛。

但人的生前，可不可以「離苦得樂」呢？

在美國梅約醫學中心及台灣榮總醫院、台大醫院幾位醫師協助下，我有了生前先體驗一次「離苦得樂」的實際經歷。

自五月調高藥物劑量，暫時不可能考慮什麼後遺症，先求保命之後，我的身體已經漸行穩定。

「暫時不會死」。

我不再處於之前隨時「待命」「斷命」的狀態。之後七月開始，我每週打白蛋白、胺基酸、加維生素各兩次；打完第二天，身體小一圈，尤其血氧濃度，以前頂多九二，經常八七至八九；近期居然奇蹟至九五至九七。除非天氣大變，才會又降回八九。

打完隔一天，腰圍婀娜多姿。血壓也回到原本正常的七〇至一一〇。接近第四天，因爲身體太多積水，體形又變成水桶，若是疼痛，血壓可以高至一五五。

然後五個月的治療後，我的腦下垂體從〇，一年了，突然變成一二。

我的腎上腺從〇，有了數字，變成一．二。

雖然這些數值都太低，不服藥物我不足以存活，但這〇與一之間代表腦下垂體及腎上腺沒有死掉，它只是沒有功能，陽萎了。

我本來是一個血管過細，不容易下針的麻煩病人，這樣的點滴治療法，幾個月下來，手、腳血管全部用上，「體無完管」。有時候打進了血管無法回血，血也抽不出來。一用力壓血管，立即破了。

於是，我進了「手術房」，做了 PICC。在左手臂上方，裝了一個叫做 PICC 的人工血管。

多位醫師皆建議我一定要找振興醫院，因爲是台灣的血管權威；而我的血管可能因爲長期免疫攻擊，非常脆，而且異常。過去兩年一不小心即破，血管時而過敏發炎。因此雖然 PICC 是一個小手術，醫生們認爲我曾經有靜脈主血管破裂的歷史，完全沒有門戶之見，一致推薦我不要冒險。

振興醫院花了多少努力，才找到非常細的 PICC 管子，放到我過細的血管。

什麼都不抱怨，惟獨護理部陳主任告訴我，因爲我的腦部主治大夫在榮總，免疫科主治醫師在台大，所以「健保不給付」。

我笑壞了，才八千元，人都針打到「生不如死」，還管什麼「八千」里路雲和月？

今天下午局部麻醉，在振興醫院蔡醫師細心照料下，我還沒有搞清楚狀況，已經成功裝好了 PICC Line。

今晚打白蛋白、胺基酸、維生素、鉀……毫無疼痛。

臉部又是尖的，手、腰皆細，身體排出水來。

哇！眞是「離苦得樂」！

當然我得帶著這個 PICC，肌膚之「親器」，至少半年至一年。

之後再「換裝」。

醫生問我，我的美國醫師建議打到什麼時候？我回道：奇蹟康復，或是打到我「死」的時候。

但爲了避免感染。我從此不能泡湯，不能 Steam 蒸氣浴，不能烤桑拿……這對於我這種一生都在泡湯的人，等於剝奪人生最大的快樂。怎麼辦？

生病的智慧之一就是：先享受當下打針時不再疼痛的「離苦得樂」。

至於懊惱的事情，明天再說。

懊惱的事，明天再說！

每晚睡前，原諒所有今天讓你不愉快的人和事。
閉上眼睛，清理你的心，
如清理這一天身體骯髒的塵埃。
過去，在今夜，已是回憶，
它只是虛晃地存在你的腦海裡。
無論今天遇到多麼糟糕的事，都不應悲傷：
因爲你還活著，還有未來。
你已經比那些病重、飢餓、瀕臨崩潰的人，
幸福太多。
我們都知道一輩子不長，
但我們未必深刻地記住這一點。

《愉悅哲學：給逆境中的你》

～陳文茜

20.

懷舊

有時候我們懷的舊，有一點像長大或者老去的我們對年輕脆弱的自己來一點點回盼，給一點點安慰。

把往事包裝起來，像對一個已然被摧毀的玩具，重新修補、裝扮，給點美的顏色，給件美的衣裳……

／

人爲什麼懷舊？不只是因爲老了，不只是因爲現在和那個年代有點距離，才看起來特別有美感。

我認爲很大的原因是我們在經歷某些人生經驗或歷史時，當下往往不理解它的意涵，往往要過了許久許久，才赫然驚覺自己走過的足跡。

當時的痛、當年的苦、昔日的徬徨、年輕時的揮霍、特傻的日子……

過了幾十年，猛烈的心疼才油然而生，於是，開始了想念過去，開始了懷舊。

那一刻我們才驚覺：原來當年的我們，日子是這樣爬出來的；所有的歡樂，是這樣自我欺騙才換得的。

所以，有時候我們懷的舊，有一點像長大或者老去的我們對年輕脆弱的自己來一點點回盼，給一點點

那些遺憾、慚愧或者回不去的，通過重新的編織，讓仍要活下去的我們有了幻想，有了陶醉。

安慰。

把往事包裝起來，像對一個已然被摧毀的玩具，重新修補、裝扮，給點美的顏色，給件美的衣裳……那些遺憾、慚愧或者回不去的，通過重新的編織，讓仍要活下去的我們有了幻想，有了陶醉。

懷舊，看起來很美，其實是對失去的、消逝的、荒唐的、遺憾的過去，一種溫柔的抗爭。

它像止痛劑。

人們初次品嘗青春滋味的時候，
並不知道只要抱持幻想，貧窮的滋味也是甜的；
而永遠離別青春後，
對青春的渴望、遺憾、追念……
那個滋味，即使坐擁財富，也是苦的。

——陳文茜

青春是一棵樹，愛與希望是它的根，
需扎扎實實地扎根入土裡，
智慧與愉悅的枝葉才能招展，
無論是風雨或藍色天空之下。
願你永遠青春。
願我永遠不老。

年輕時以爲一老就全老，
而今被我知道了，人身上有一樣是不老的，
心，就只年輕時的那顆心。

——木心《五月窗》

31.

寫給未來的一封信：

或許，每個人都該在生前為自己設計葬身之地

這使我可以在生前陶醉於自己曾經擁有的馥郁，痴情地傾聽生命中吹過的風雨，最終看著它們又消殞於粉紅的花瓣遊戲；我可以輕輕地放下生命旅程中所有的恩恩怨怨，正如櫻花飄落，有的已經破損，有的花瓣依然明亮，但它們最終都必須一一落下。

/

這是我給最親愛的妳，不是最美的女郎，不是最慈悲的妳，但卻是我一生伴侶最後的禮物。

妳曾經是我的軀體。陪著我睡，陪著我辛苦地走過疾病，未曾拋棄我，克服一次又一次數不清困難的

工作任務。

當我沮喪時，妳暗暗地躲在我的心裡；當我過度暈眩於虛華世界時，夜裡妳叫我安靜。

妳也曾在我過去不夠知足的心中，陪伴著我，撐持疼痛的日子，然後注入我的身軀永恆的愛念。

這個世界所有的人都會離開我，只有妳不會。

儘管有一天妳的模樣已經是古怪形狀的白骨或是灰粉。

卽使形狀輕如塵灰，妳在我的生命任何時刻，皆曾閃爍不同的光影，妳是我的天使。

爲此我要禱祝，並且爲妳設計一方安息之地。

妳的骨灰，還有我的名字，都不會萬古長青！

這個世間本來所有的事物、生命、哪怕白骨，都會消失。

但坐在妳未來將被擱下的石刻旁，遠方含著鹽味的風吹來，在我仍有的嗅覺中瀰漫。

它不是帶來淚水，而是讓我追憶這一生：我的似水年華。

四口我自己親自設計的噴泉，兩個圓形，是外公外婆；兩個玫瑰花石刻，一個是我一生已經往生的所有毛小孩，另一個是未來的我。

追憶我曾經擁有外婆陪伴的幸福歲月。

如今，因爲妳，外婆及我的外公，正安靜地和我一起躺在一旁。

還有陪伴我一生的毛小孩。

這使我自十七歲斷裂的人生，有了歡聚，斷了遺憾，化爲圓滿。

四口我自己親自設計的噴泉，兩個圓形，是外公外婆；兩個玫瑰花石刻，一個是我一生已經往生的所有毛小孩，另一個是未來的妳。

我還活著，妳將是我未來留下的一部分。

我已經爲妳築好了妳新家的模樣。

玫瑰花石刻，立體三層花瓣上刻著我的名字，年份，一首簡單的詩。花蕊中心噴著泉水。川流不息的，不是我的生命，而是我的愛。

在墓園裡，多少人長眠於樹下。他們每個人都有過去，每個人都想回憶過去；但他們已經變成白骨，才在這裡躺下，無法追憶自己。

所有遺骸，那些先人，那些長眠於樹下的靈

魂……他們不也曾經是某些人的幸福，某些人度不過的現實嗎？他們有多少故事來不及追憶？有多少遺憾來不及放下？有多少誠實的話來不及告訴自己？

親愛的，我多麼喜歡可以坐在這裡，生前和妳悄悄對話。

坐在這裡，我可以遠望牆角的薔薇，珠點般的小玫瑰花，那是我親自挑選的。今天離開時我會記得爲它們澆水，感激未來的陪伴。

因爲妳，我多了許多心靈的領悟，我多麼希望其他人也和我一樣，學會不是以恐懼面對自己的死亡，不是以消逝的遺憾面對生命的終結。而是靜靜地坐在這裡和未來的自己（妳）對話。

這使我可以在生前陶醉於自己曾經擁有的馥郁，痴情地傾聽生命中吹過的風雨，最終看著它們又消殞於粉紅的花瓣遊戲；我可以輕輕地放下生命旅程中所有的恩恩怨怨，正如櫻花飄落，有的已經破損，有的花瓣依然明亮，但它們最終都必須一一落下。

一個人如果可以生前爲自己設計葬身之地，樹葬也好，海流也好……他將學會微笑著看著自己有一天離開這場生命的饗宴。

「將某個訣別當節日歡慶，並平靜地親吻死亡慢慢啜飲。」

我帶著一株玫瑰花莖，握在手裡，來看妳。未來這株花莖，它的根部，將與妳纏綿。根扎入土的深處，穿過夾著黑色石頭的土地，穿過地層的壤脈。

沉重的石刻將擠壓著妳的肋骨。

但不要害怕，在妳身旁的都是我一生最愛的人和小孩，天空全是白雲朵朵。

花開花謝，日出日落。我的人已消逝，但心愛的妳因而靜謐，偷偷地在地底下愛著這個世界，愛著妳我曾經共同朗誦的詩行，聽著風聲，迎接雨落。

沒有痛苦了。終於。

因爲妳，因爲我爲妳設計的家，我不會被恐懼征服。我珍惜每一個還可以活著和妳對話的日子。

死亡本來是對生命的挑戰。

但墓園不是。

它是一種渴望溝通生命的努力，它讓人深入生命的核心。

人們因爲對死亡的忌諱，總是神祕地迴避著墓地。最後交給後代、旁人、習俗，刻造一個自己不認識、甚至不歡喜的最後的家。

我不想把最後的家交給別人，我如此鍾愛這些最後的年年月月。

它好似近在咫尺，又似乎遠在天涯。

坐在妳的身旁，我知道卽使走在通往死亡的路途中，我仍擁抱暖意。

親愛的，當有一天我們的新家全部建築完成後，我可能帶著一把大提琴，或是播放那些我終生聆聽不厭的音樂，例如 Horowitz 演奏的 SCHUBERT - Impromptu n°3，我將朗誦雨果〈戀人的琴音〉：

在「墓園」裡喃喃低語。——
那最溫柔的歌謠
就是牧羊人的歌曲。

柳絲下，微風在小河
如鏡的水面上吹起波紋。——
那最歡樂的頌歌
就是林鳥的歌聲。
但願再沒有憂慮將你糾纏！
讓我們相親相愛！相愛相親！——
那最美妙的禮讚
就是戀人的琴音。

或許這裡的一切都與死亡有關。

但它並不是終結，因爲我已經在雨中輕輕地抱著妳。

但願許多心靈領悟，
但願許多戀人學會：
陶醉於自己的馥郁，
痴情地傾聽風聲，
總有一天。
我將消殞於花瓣遊戲，
微笑著離開這場人生饗宴，
把訣別之前每一天當節日歡慶，
解脫於花枝飄散，
將死亡當親吻啜飲。
謝謝你曾經如此愛我。

陳文茜

改寫赫塞〈枯萎的玫瑰〉

22.

折翼的水天鵝

裝上人工血管，我變成了只有一隻自由的手。

折翼的水天鵝，在二〇二二年末許願：二〇二三年起，我要告訴自己，我不是病人……我只是一個生活上遇到狀況，「不方便」的人。我不再帶著生病的念頭，走向二〇二三。

二〇二二倒數計時，音樂響起 Auld Lang Syne。

是的，二〇二二年，我的病情一度惡化，甚至接近死亡數次；但幸運之神數次因緣際會把我救了回來。

原來的疾病加上服用的藥物，使我成為水天鵝，手、背、腳、身體……充滿了水。

點滴治療後，我的身體慢慢變好，穩定。但我已經沒有血管可以施打。

裝上人工血管，我變成了只有一隻自由的手。

折翼的水天鵝，在二〇二二年末許願：二〇二三年起，我要告訴自己，我不是病人……我只是一個生活上遇到狀況，「不方便」的人。我不再帶著生病的念頭，走向二〇二三。

於是即使膝蓋有點受傷，皮膚過敏，只有穿著睡衣，爲了保護人工血管傷口不要滲汗，我把衣服拉下一邊袖子。

我沒有了以前美麗的肩膀線條，挺拔的背部，它們都充滿了該留在血液裡的組織水。

我舉起單手，我跳著旋轉，我告別二〇二二。

我再舉起雙手，展示大片的人工血管貼布。

如寄一封信前往二〇二三年：我不是病者，我是折翼的飛翔者，水天鵝。

擁有好心態，
比擁有一百種藥物更重要。

／

人活在世上，就免不了忍受摧殘，
一直到死爲止。
想明白這一點，
對於長壽，就不會強求了。

～陳文茜

請守在路上。
夜已爲你落下。
也許黎明時，我們會再次見面。

～聶魯達《二十首詩和一首絕望的歌》

聽・一首歌

Auld Lang Syne
by Sissel

23.

早安，我的生命

原來極端的氣候也是「無常」的一部分。

身體的時間，如夢者。

你無法理解，無法抗拒，更無從掌控。它是午夜的密碼，悄悄寫在大氣之間，別人追紅塵名利，我追的是每一個平淡無痛的日子。

/

氣溫驟降，下午錄影《茜問》時，我已經有點虛弱的感覺。

而上午起床，我還對著空中如騎車般踩踏空氣，健康彷彿就在不遠之處。

下午工作完成，晚上打白蛋白時，突然全身上下發抖，大概二十分左右。

原來極端的氣候也是「無常」的一部分。

身體的時間，如夢者。

你無法理解，無法抗拒，更無從掌控。它是午夜的密碼，悄悄寫在大氣之間，別人追紅塵名利，我追的是每一個平淡無痛的日子。

我站立在流逝的時間內，那已是無限的幸福。我可以爲自己插一盆花，把孩子抱上床，我仍可以有體力寫長文……

每日清晨，我歡歡喜喜迎接自己光臨。我的家門、我的鏡中，與我互致平安的笑容。

早安，我的生命。

如果我有疼痛，表示我仍有知覺，仍然「好好地」活著。我的孩子們還有媽媽，他們可以爭寵，可以吵架。

如同所有快樂的家庭。

別怕疼痛，有一天它會離開我。

那才是旅程的終點。

別抱怨疾病，它存在，與你共舞人生，如一首雙人探戈，有時候它躺下，你誤以爲自己越來越健康。
有時候它轉身，你也不得不暈頭轉向。
　在熱切的琴聲中我舞向美麗人生，我舞過疼痛，
我也復歸平靜。
　　讓我舞向知曉疼痛的盡頭。
　　讓我舞向愛的盡頭。

正因爲未來是一張白紙，
才可以隨心所欲地描繪地圖。
新的一年，我可以生，可以死。
可以笑，可以坦然接受一切。
我沒有憂愁，我的時間不多，
可能只有幾張白白的紙……
何必添上那些自己都厭煩的色彩呢？
未來的白紙，只有繽紛，
因爲不管我的疾病如何發展，
我愛的人和狗都在身邊。

～～陳文茜

一個人能夠做出改變，就代表聰明。

～～愛因斯坦

24.

我們慢慢地跳著生命華爾茲：小凡的來信

當我因病痛難耐在雨中想大喊想大叫時，
我沒有哭得像一隻受傷的動物。
風雨中，我告訴彎折的玫瑰，
我的生命也同樣地被寒雨折磨，
玫瑰無處可依。
我告訴它們你們被我的愛帶到了花園。
時間之唇緊緊咬住生命的源頭，
雨水滴落而又凝聚，
但它落下的不是血，不是淚，是祝福。

小凡是曾經在《文茜的世界周報》的實習生。

她就讀美國大學，COVID-19時回台視訊上課，同時在世界周報無薪實習。

她是許許多多寫信給我的人之一，但因爲她曾在我們的團隊，比外人了解世界周報在面對世局動盪時的冷靜、不安、痛苦、熱情交織的過程，我回了一封信給她。

這封信不只是寫給一位年輕的工作伙伴，也寫給所有仍然願意冷靜思考事情，甚至看穿事件本質，卻永遠不忘愛這個世界的人。

親愛的文茜姐：

一直有關注您的臉書，也時常從媽媽那裡收到您的消息，拖延至今才寫信來，眞的很抱歉。

生活是繁忙而雜亂的——在各個階段都是。似乎往往如此；在心底想做的小的或大的事情，擁有的浪漫的或不切實際的夢想，在一天一天的生活裡就這樣漸漸被掩埋。

那是多麼悲傷的一種看待生活的方式。這個世界上有多少人，把頭埋在自己小小的世界裡，過一天算一天，就這樣活過或短或長的一輩子。

我想，程度雖然多少有落差，但是大部分的古今中外的人都是這樣的，但是您不是。

我常常想，要有多大多堅強的一顆心，才能夠像您這樣容納全世界的每天的快樂、悲哀、憤怒與遺憾。

我也想，要有多麼清晰而敏捷的思路，才能夠將這些毛球團般的故事抽絲剝繭，並梳理成一篇一篇犀利但優雅的篇章，呈現在世人眼前。

這樣一個海綿般吸收了世界的奇人，在面對病痛之時展現出的勇氣與風度，我認爲足以顯現人的尊嚴與最值得欽佩的面貌。

文茜姐最近說，「晚年給了我逐漸減熄的身體，卻給了我更珍惜生活周遭的力量」，讓我想到狄蘭·湯瑪斯（Dylan Thomas）的詩：Do not go gentle into that good night... rage, rage against the dying of the light。

猶記第一次聽到此詩是在電影《星際效應》（*Interstellar*）之中，給了我極大的感動與震撼，當時卻怎也無法想像這樣的心境所需的毅力、忍耐與勇氣。當無盡之夜將至，我想，gentle是許多人願意選擇的道路，但是您堅守崗位，不只是在職業上，更在生命上。

夜色越暗，文茜姊的生命所爆裂出的生命力的火花便越繽紛；您用這樣頑強的毅力造福到這麼多追隨您、聽您說話，甚至是不知情下因爲您而多理解這個世界一些的所有人，是眞的、眞的，使我由衷覺得偉大。

和我交談過的很多人都說過，《文茜的世界周報》是台灣剩下惟一的，眞正的新聞了。有幸觀摩文茜姊工作的短短一段時間，非常實質地改變了我的一生。

在回來美國後，第一線看見這個好像漸漸腐朽的世界，我很常想到文茜姊，和您爲這個世界所提供的一切。我也常常想，這個世界在您的眼裡，還是很可愛的吧！

其實，能這樣透徹地看這個世界，而仍然保有您對它這樣的熱愛，已經將您個性的堅強、愛的廣泛顯露無遺。

說了這麼多，其實我只是想和文茜姊說：辛苦了，您眞的眞的很棒。

雖然這些話您一定已經聽了很多遍，但是我覺得就像文茜姊永不停歇地鼓勵這個世界一樣，這個世界也應該永不停歇地鼓勵您。希望文茜姐千萬不要忘記，這個世界擁有您的每一天，都是美好的一天。

最後，想跟您分享中國現代詩人馮至的《十四行集》中第一篇：

我們準備著深深地領受
那些意想不到的奇蹟，
在漫長的歲月裡忽然有
彗星的出現，狂風乍起；
我們的生命在這一瞬間，
彷彿在第一次的擁抱裡
過去的悲歡忽然在眼前
凝結成屹然不動的形體。

我們讚頌那些小昆蟲，
它們經過了一次交媾
或是抵禦了一次危險，
便結束它們美妙的一生。
我們整個的生命在承受
狂風乍起，彗星的出現。

——小凡敬上

我的回信。

親愛的小凡：
黑暗中我走過山路，
彷彿看到小凡在哭泣。
人生總有狂風乍起，彗星也得殞落的一天。
此刻我感受愛，當然也感受疼痛。
那疼痛陣陣的，如輕輕的鼓聲，傳給遙遠的妳。
妳說
不要溫馴地走入良夜。

智慧的人臨終時懂得黑暗的道理，
我的眼睛依然看見流星閃耀歡欣。
當月亮
不再升起的時候，
我知道遠方有一個女孩，
她的生命正初綻著青春，
洋溢如當年的我。
請爲我活不夠長的一生，
請和我一樣在黑暗中怒斥光明。
小凡
由於妳、妳們懂得，
當我因病痛難耐在雨中想大喊想大叫時，
我沒有哭得像一隻受傷的動物。
風雨中，我告訴彎折的玫瑰，
我的生命也同樣地被寒雨折磨，
玫瑰無處可依。
我告訴它們你們被我的愛帶到了花園。
時間之唇緊緊咬住生命的源頭，

雨水滴落而又凝聚，
但它落下的不是血，不是淚，是祝福。
玫瑰優雅地承受狂風，
狂風中沒有彗星，
但來自遠方的妳，
一個年輕生命的知音
終將撫慰所有的傷悲。
路過的風，
時間滴滴答答圍出了一個天堂，
環繞著我。
愛妳，小凡

狂風中，
也有彗星。

25. 寫給 Shahtoosh 的情詩

〈夢知曉一切〉

你想抱住我的頭，
吻著我的額頭⋯⋯
像一個玩伴、又像一個男人一樣
溫柔地安慰我。
Shahtoosh，我的生命有時是亮晶晶的串珠，
有時是廢墟的碎片。
Shahtoosh，我已老去，
從第一天相遇開始，
我的身體已經衰老，
我不知道我還能陪你多久、
愛你多久。
你的靈魂乾淨，

這一刻外面的世界一切對我們都是虛幻，
夢知曉一切。

你不知道死亡及失去的意義。
你以爲有些事有些人只是消失了，
正如那個可憐地使我們相遇的流浪狗 Lala。
Shahtoosh，現在是深夜，
有時候我不知道自己爲什麼活著，
我懷疑自己從何而來。
我的存在只是爲了目睹
大千世界的千姿百態？
明白萬花筒底下的殘酷實景嗎？
遠方的戰爭中，
有人正拿起槍，
槍炮對準的是敵人，還是朋友，
或者歸根到底，只是成千上萬個普通人？
你的手撫摸著我的頭髮……
我也撫摸著你，
這一刻外面的世界
一切對我們都是虛幻，
夢知曉一切。

——Sisy & Shahtoosh

我咬著一根鐵棍，
讓自己沉睡。
我想暫停腳步，
定格某些生命中難忘的風景，
烙印在五感的記憶中。
我想珍惜那些被世人白白流淌的時光。
我想時時刻刻在內心，
在某個角落，
感覺到與匆忙的人類，
不必同步流動的另一種時間。

——Shahtoosh & Sisy

我想暫停腳步，定格某些生命中難忘的風景，
烙印在妳五感的記憶中。

26.

給忽忽（忽冷忽熱）的一封信

冬天還是依舊，我的身體如捆住的枯枝，冬風盡把我糾纏不休，如白瓣的茶花開了，好不容易打完了點滴，一天到晚大量服補充藥品的我，只要起風降溫下雨，我又如茶花花瓣邊緣開始雜色，接著萎縮，掉落地面。

忽忽，我不得不問自己還有多少個冬天？

我不是問自己還可以活多久？而是我還能照顧你多久？多長？

／

我堅強嗎？不，我也有想流淚的時候。

尤其送你走的那一天。

忽忽，決定把你提前送走，週末才回家，因爲我知道你特別敏感，你曾被丟棄兩個月在美容院，我不要有一天我不在了，你以爲我拋棄了你。這是我知道自己生重病以來，第一次流淚。緊緊地抱著你，離別的痛和理智的愛交織。

管家爲你梳毛，一邊梳一邊流淚。送你上車時，每個人都哭了。

除了站在陽台，叫著你的名字的我。

忽忽，我沒有哭，但我的心如刀割。一個太痛心的人，是不會流淚的。欲哭無淚，不是沒有淚水，而是痛到無法哭了。

決定把你提前送走，因爲你人見人愛，而且特別敏感。如果等我走了，才送走你，你會更無助、脆弱，你會以爲媽媽不愛你了……

而照顧你的人沒有從小就和你培植長期的感情，你會覺得自己頓失依靠。

這一年流年轉換的年輪又轉了一圈，我像一個無能抗拒的「稻草輪子」，大風把我推著走，冬風朝著我歡跑來了，我無從報之以微笑。

冬天還是依舊，我的身體如捆住的枯枝，冬風盡把我糾纏不休，如白瓣的茶花開了，好不容易打完了點滴，一天到晚大量服補充藥品的我，只要起風降溫下雨，我又如茶花花瓣邊緣開始雜色，接著萎縮，掉落地面。

忽忽，我不得不問自己還有多少個冬天？我不是問自己還可以活多久？而是我還能照顧你多久？多長？

在你生病的時候，我有力氣抱著你直奔醫院，就像我陪南禪寺到最後嗎？

我理智地想了很久，在遺囑裡紛紛寫下留給你們的醫療費用及專門照顧你們的馬小姐薪資。

馬小姐對於我送走你，一個她捨不得你，一個捨不得我。她不希望我在生病的時候，還要歷經和你的生離。

我告訴她「所羅門王」的故事。真正的母親會犧牲自己擁有孩子，只要成全孩子的快樂人生。

但是當*Gone With the Wind*（飄）音樂響起時，我心中淌下了淚水。

我想念你，惦記你，我知道你每週仍會回來一兩個夜晚……但那個每天早上起床時，一直跳，親吻我的孩子，未來會有很多日子不在身邊。

你走的那一天我想念你，抓起丘吉爾，命令他立卽變成白色……

好像在搞笑，其實是渲洩心中的痛楚。

雖然我的眼淚，還是倔強地，未垂流。

我並不恐懼死亡，但我戀棧美好的生命。戀棧和你們在一起的日子。尤其熱愛每天你們圍著我吃早餐的幸福模樣。

雖然我的身體在冬雨中痛楚，在一點點工作後卽喘個不停；在一頓朋友難得爲我準備的晚餐不到兩小時，我已經體力不支，想念也需要家裡的氧氣，但我仍然享受每日和你們相處的生活小事，哪怕一個微笑。

去年我學會不得不臥床時，閱讀歷史書籍，去年撰寫《梅克爾傳》；今年十月開始撰寫《逆轉：我們的時代》。

今年我又學會自己烹煮食物時，卽爲自己鼓掌歡欣雀躍。夜晚，若沒有刮起大風大雨，我走到四樓，俯身剪玫瑰花，順便修枝。身上汗流浹背，我會錯覺自己是一個健康的人。

即使烏雲層層逼近的日子，我仍然必須想想快樂的事。想一想自己吧，在寒風凜冽的時候，你們圍在暖爐火旁，憶往昔。

回憶某些人生精彩的片段，不需要別人的掌聲和參與，我們一家就是那件快樂的事。

「獨倚危檣情悄悄，遙聞妃瑟泠泠。新聲含盡古今情。曲終人不見，江上數峰青。」（秦觀《臨江仙》）

曲終人不見，還不是最悲傷的。

當我生命終了前，我害怕自己的孩子們沒有媽媽，沒有了家，一家子的兄弟姊妹散了，熟悉的主人走了。我不知道我的孩子們，他們未來會悲傷嗎？會知道我的告別是不得已嗎？

忽忽，你走了，留下孤獨的秋風冬雨。好像我提早結束生命。

昏暗的冬季，光彩漸漸暗淡。純淨的藍光逸出我朽壞的軀殼；群鳥的飛翔，沉吟古老的傳言。柔和的寂靜，蘊含著神祕的疑問，某些註定的輕悄答案，我逃不掉。

忽忽，我不知道自己可以撐多久，但我不能把你們圈在我的告別中。

你們來到世間，是爲了快樂，爲了被愛。不是爲了殘酷的離別。

然後陷入陌生的環境。

十字架已聳立在荒涼的山崗；我可以隨緣看待自己的晚年，但你們還那麼小，我愈愛你，就愈該和你告別。

爲了讓你有一個新的家。

他們拍了許多你去了「巴黎別院」的照片，那裡離我們原來共同的家，只有半個山頭。每張照片，你都在開口笑著。躺在新主人小花家裡的游泳池旁，坐著跑車看淡水夕陽；忽忽，那是你跟著生病的我，沒有機會享受的歡樂。

你今年才剛滿五歲，而我已經病了四年。

我沒有帶你看雲彩，俯望緩緩飄過湖泊的鏡面；

好好奔跑你的生命，別被疾病的我，拖累了你。
我們沒有告別，也不必告別。

而你始終乖巧地陪伴我，使我在夜深人靜的時候，未曾感受寂寞。

此刻，你已安靜地沉入夢境。

夜晚藍色羽翼的鳥兒，悄悄拂過，我想像星星正在你白膨膨捲著的眉間築巢；你如天使的臉龐悄悄飄出，藍黑眼睛，飄過山頭望向我。

蘆荻蕭瑟吹拂；我們的思念森然襲來。

有一天當乾枯的柳樹也滴下黑色的露珠時，忽忽，請記住這五年我們的相愛。

好好奔跑你的生命，別被疾病的我，拖累了你。

我們沒有告別，也不必告別。

一個冬季過去一半了，
身體再苦，也熬過來了。
不必哭泣，只須想念，
用更多的顏色、花朵，
珍惜我們未來的春天。
人生讓你痛苦的，
其實是你的念頭，
沒有不離開的家人。
過去的日子教我：
我該慶幸我仍有餘力，
送走以前的小孩們最後一程。
至少不是他們送我，
然後茫然沒了媽媽，沒有了家。

陳文茜

聽・一首歌

You Have Been Loved
by George Michael

第二部

他們的最後一哩路

1. 蕭蕭晚雨悟東坡

蘇東坡教我們看破君王之道，識清權力之途，明白人生逆境如何沒完沒了，知道此刻得意不過一時。最後坦然接受窮、接受困、接受親骨肉離散，以及接受死亡。

／

西元一一〇〇年六月，也是北宋哲宗元符三年，蘇東坡終於被赦免了，結束流放，離開海南島儋州貧困無米之地，北返回鄉。

已經六十五歲的他，身上當然沒有什麼盤纏，先乘了一艘破船，到了廣東，想回成都。

從嶺南到海南島的七年流放，摧殘了這位千年一遇的大詩人。六十六歲，不過隔赦免一年又一個月，他病倒了，得了一個病叫熱毒症，十天左右，走了，走得安安靜靜，沒有千人相送。

最後，葬於今天河南平頂山市郟縣小峨眉山。

衣若芬教授爲了撰寫《陪你去看蘇東坡》，特別跑到東坡最後闔眼的住處。

當年才剛剛結束流放沒多久，想必是個破房子，更何況已經過了一千年。

有些人啊，生前過得風風光光，死後寂寂寥寥，所以轉眼成空，變成人生常態：死了，什麼都沒有了。

蘇東坡死前的舊破屋在常州，死後，傳說卻愈來愈多。還有個詩意的名字：「藤花舊館」。這其實是到了明代，才有的名號。傳說東坡先生曾在此手植紫藤，他一生最後一個月居住於此。

住此地時，他已知道自己來日無多，思念的親人也來不及見最後一面，一方面感嘆「此痛難堪」，一方面也坦然面對死亡。「大患緣有身，無身則無疾。」

一代書畫詩宗師，就此面對人生盡頭，吐了最後一口氣，不求神咒，不怨命運。

靜靜悄悄地從世間消失。

直到北宋亡了，南宋常州知州，一個小官，緬懷起了他，才在蘇東坡最後斷氣的住宅遺址，建東坡祠，塑東坡像……元明時代這裡又改名爲東坡書院。越來越轟轟烈烈。

十多年前，中國大陸政府希望宣揚文化外交，到處設「孔子學院」：那是一個以教導君君、臣臣爲倫理的文化外交地。

如果成立的是「東坡學院」呢？它可能意義更深遠。

蘇東坡教我們看破君王之道，識清權力之途，明白人生逆境如何沒完沒了，知道此刻得意不過一時。最後坦然接受窮、接受困、接受親骨肉離散，以及接受死亡。

那就不只是一套屬於中國的特殊價值，而是全人類都需要的智慧。

當代的我們，渴望成功的慾望太強，以爲命運之門應該為人人而開。若失敗了，必有結構性的不平。

讀讀蘇東坡，他人生成名那麼早，但機運也那麼短。一次被陷害：不夠，還有第二次，還有第三次。等皇上終於赦免，死神不肯赦免他：而且，很快地降臨。

少年行樂處，原是為了離人照斷腸。
人生無再多，酒醒南望，一切已隔天涯。
蕭蕭晚雨悟東坡，明白此生何必、何必，太強求。

記得，在該微笑的時候微笑，
在該歡樂的時候歡樂。
勇敢踏上所有的生命旅途，
年年月月，分分秒秒，
直到最後向世間致上最後的留戀，
我們才好好、無憾地離開。

陳文茜

求生存、求往上爬，
本身就是一種徒勞。

川端康成

2. 林徽因人生最後一哩路：你去，我也走

她曾經是個富家女，此時此刻她的妙語呈現了兩段截然不同的處境：窮到揭不開鍋的時候，那就「把這派克筆清燉了吧，把這塊金錶拿來紅燒。」

好像不知民間疾苦，但更真實地呈現了她生活狀況的急轉直下，無以為繼。

／

你會如何優雅地度過自己的至暗時刻？

時代就是這樣的，所有人都要被捲入其中。

林徽因是一九三〇年代，中國最著名的才女及美女。這些太容易吸引人的目光，反而膚淺地詮釋了林徽因的角色。

尤其她的愛情，她在情感中解放性的思索。
五四運動之後的中國，既摩登又傳統。革命，把一堆皇權、女人綁小腳、指腹爲婚，給一大串地都丟入灰燼。
但自由戀愛要多「自由」？
體制下無辜的元配，不是綁小腳的鞋，她是一個活生生的人，爲你侍候父母，生兒育女……她是孩子的媽……
於是從傳統撞擊，走向自由意志的北平知識分子，開始了私我世界的思索。
在一堆男人中，有個美麗動人的女孩，參與其間，至今仍爲傳說。
她的名字你很容易猜到：林徽因。
但中老年後的她呢？
尤其罹患肺結核，完全不再是美人的林徽因，很少人談及，也很少照片披露。
我們熟悉的都是眼睛大大的，如仙女下凡般，約莫二十歲的她。

她不只是浪漫主義者，也是一個民族主義分子。很早她卽許下願望，要讓世界看到中國傑出的古建築。

丟下那個時代優渥的生活，她和梁思成騎著毛驢，走遍了大半個中國，往往行走之路是爛泥潭，夜晚睡的是行軍床。

身體健康尚可時，她步行三百里爲了尋找一個古寺，住在髒亂車馬店與跳蚤同床共枕，據說她可以忍受成百上千的臭蟲爬上佛光寺，繪圖前，親自先清理古文物上蝙蝠的死屍。

她曾經如此形容外界看來苦不堪言的保護古建築之旅：睡在佛像下。醒來能看到一望無際的鄉村景象，寧靜得像宋代的山水畫。

日本人入侵中國之後，林徽因正像那一代的中國人，不斷地在自己的國土上逃難。

林徽因梁思成一家從北京流亡到長沙，又從長沙流亡到雲南，一路拖著她瘦弱的身體。

流亡路上車壞了只能露宿街頭，她會這樣想：「這個小山村該不會是上帝賜給我們的禮物吧。」

據說她可以忍受成百上千的臭蟲爬上佛光寺，繪圖前，親自先清理古文物上蝙蝠的死屍。

她曾經是個富家女，此時此刻她的妙語呈現了兩段截然不同的處境：窮到揭不開鍋的時候，那就「把這派克筆清燉了吧，把這塊金錶拿來紅燒。」

好像不知民間疾苦，但更眞實地呈現了她生活狀況的急轉直下，無以爲繼。

她最後到了大後方。

在西南聯大教課，她一直持續著自己「振興中國古建築」的夢，這時她已經是一個又瘦弱、又憔悴，兩頰塌陷的中年婦女。

仙氣不見了，代之於她生命的是當時的不治之症。

她是一個肺結核的病人。

每次上課，她仍得來回翻過至少四個山坡。那股「傳承中國古建築」的熱情，使她「忘記」自己是一個病人。

她五十一歲走的，在完全病倒之前回到北京。學生們回憶她回到北京之前，不放棄傳遞中國古建築之美，她請學生們到病床前聽課。

兒子梁從誡回憶母親時，如此敍事：

對於我來說，她是一個面容清癯、削瘦的病人，一個忘我的學者，一個用對成年人的平等友誼來代替對孩子的撫愛（有時卻是脾氣急躁）的母親。

三〇年代那位女詩人當然是有過的。

可惜我並不認識，不記得。

那個時代的母親，我只可能在後來逐步有所了解。當年的生活和往事，她在我和姐姐再冰長大後曾

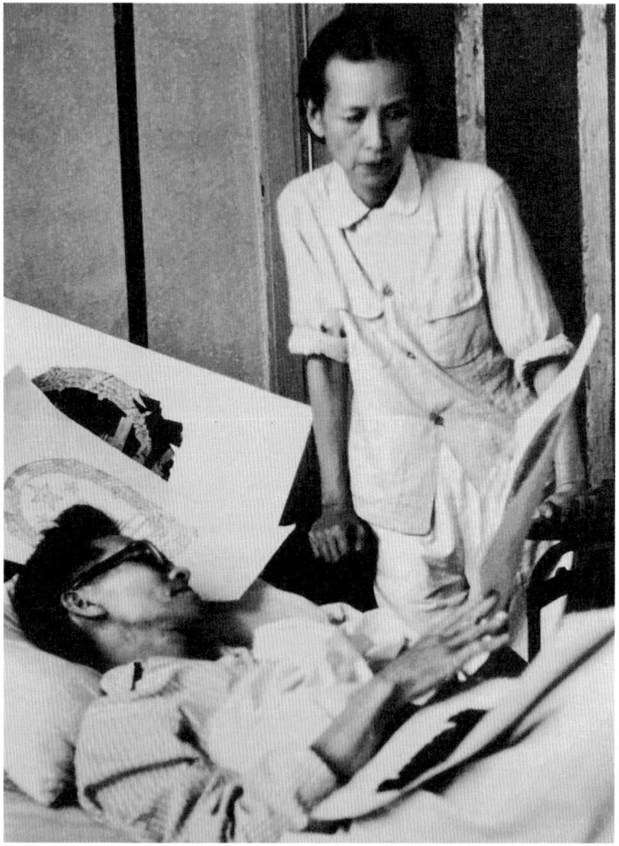

罹患肺結核，不再是美人的林徽因，很少人談及，也很少照片披露。

經同我們談起過，但也不常講。母親的後半生，雖然飽受病痛折磨，但在精神和事業上，她總有新的追求，極少以傷感的情緒單純地緬懷過去。至今仍被一些文章提到的半個多世紀前的某些文壇舊事，我沒有資格評論。

但我有責任把母親當年親口講過的，和我自己直接了解的一些情況，告訴關心這段文學史的人們。或許它們會比那些傳聞和臆測更有意義。

林徽因的追夢之路，自年輕時已如此，這支撐著她走至最後一口氣。

「一九二七年，父親獲賓州大學建築系碩士學位，母親獲美術學院學士學位。此後，他們曾一道在一位著名的美國建築師的事務所工作過一段。

不久，父親轉入哈佛大學研究美術史。母親則到耶魯大學戲劇學院隨貝克教授學舞台美術。

據說，她是中國第一位在國外學習舞台美術的學生，可惜她後來只把這作爲業餘愛好，沒有正式從事過舞台美術活動。

母親始終是一個戲劇愛好者。一九二四年，當印度著名詩翁泰戈爾應祖父和外祖父之邀到中國訪問時，母親就曾用英語串演過泰翁名作《齊德拉》；三〇年代，她也曾寫過獨幕和多幕話劇。」（梁從誡）

徐志摩那首著名的小詩《偶然》是寫給林徽因的。另一首《你去》，徐志摩也是爲她而寫的，那是徐志摩遇難前不久的詩。

你去，我也走，我們在此分手；
你上哪一條大路，你放心走，
你看那街燈一直亮到天邊，
你只消跟從這光明的直線！
你先走，我站在此地望著你，
放輕些腳步，別教灰土揚起，
我要認清你的遠去的身影，
直到距離使我認你不分明，
再不然我就叫響你的名字，

不斷地提醒你有我在這裡
爲消解荒街與深晚的荒涼，
目送你歸去……

不，我自有主張，
你不必爲我憂慮；你走大路，
我進這條小巷，你看那棵樹，
高抵著天，我走到那邊轉彎，
再過去是一片荒野的凌亂：
有深潭，有淺窪，半亮著止水，
在夜芒中像是紛披的眼淚；
有石塊，有鈎刺脛踝的蔓草，
在期待過路人疏神時絆倒！
但你不必焦心，我有的是膽，
兇險的途程不能使我心寒。
等你走遠了，我就大步向前，
這荒野有的是夜露的清鮮；
也不愁愁雲深裡，但須風動，
雲海裡便波湧星斗的流汞；

更何況永遠照徹我的心底；
有那顆不夜的明珠，我愛你！

命運的捉弄，他們誰也沒有機會目送誰。徐志摩在悲壯的空難中孤獨身亡；林徽因則是目送著自己的身軀，一日比一日孱弱。終而在半亮的清晨中，離開人間四月天。她歿於一九五五年四月一日。

每一個人年輕的時候都要流浪，
至少一次，
不是爲了找到自己，
而是學會扔掉你自己。
因爲成長過程中，
人最重要的智慧就是取與捨。
尤其到老了，我們將面臨最難的功課，
那就是：和自己告別。
這是最徹底的扔，
最轟轟烈烈的捨。

陳文茜

聽・一首歌

Piaf
by Elaine Paige

3. 追憶似水年華
普魯斯特——我早已躺下

一九〇七年，普魯斯特搬到位於巴黎市中心的大街上。他的臥室非常小，四周牆壁上鑲上軟木，能吸音，因此室內一點腳步聲都聽不見。

他怕吵，怕凡俗，怕光。

於是普魯斯特把白晝也變成了黑夜。

在那間永遠以人工照明的黑屋子裡，他把所有的時辰奉獻給不受襲擾的寫作。撲朔迷離、精美紛呈的形象，盡收筆下。

／

他只活了五十一歲，普魯斯特。逝世於一百年前。

從一九〇八到一九〇九年一次大戰前五年他開始

普魯斯特到了中年以後，似乎知道自己生命不長，
他的生命只有一個目的，
寫出《追憶似水年華》這本巨著。

寫作《追憶似水年華》，直到一九二二年去世之前，他完成書稿，前後經歷約十五年。

年輕時他已經完成了幾部中小作品，例如：《歡樂與時日》、《讓．桑德伊》。

普魯斯特到了中年以後，他的生命只有一個目的：寫出這本巨著。生活的一切，美食也好，上流沙龍也好，對他來說已經並不重要，他享受過了，也受夠了。似乎知道自己命不會太長，這些美食和上流社會的生活，化爲他靈魂中的神聖虛夢僞裝併存的詞語，於逝去的歲月、生活經驗昇華爲素材，被寫進這部書裡。

普魯斯特把阿諛的惡習發展到神學高度，也把十九世紀末的各種現象好奇心描敍到極點。普魯斯特喜愛大教堂的拱腹線，但它們也是表現「笨處女」（Foolish Virgin）們，吐出如火苗一樣捲曲著的舌頭。

普魯斯特的書寫就像活生生十九世紀各種偉大、隱瞞、神聖、污穢、華麗、俗情，各種表情的倒影。

三十多歲撰寫《追憶似水年華》的普魯斯特，家境還算富有，但他是孤獨的。

「在很長一段時期裡，我已早早躺下了。」

普魯斯特三十二歲的時候，他的父親去世了；過了兩年，他的母親也去世了。

雖有專門的人照顧他，但他的氣喘病及莫名害怕陽光的疾病，已經伴隨著他。

每個寒冷的冬天，都像在向他要命，年年加重，身體狀態每況愈下。

當時的醫療沒有太多知識，他可能得了和我一樣的疾病，光毒症，對太陽的自然光非常「害怕」。

一個怕光的人，白天不能走出家門，所以他只晚上外出。

晚上外出時，先雇好馬車，穿戴一堆厚外套後，一出門即鑽進馬車，忍不住的時候，偷偷掀開馬車內的簾子往大街瞧一眼，一下馬車，又迅速進入室內……

這就是他和世界少數的連結。

一九〇七年，普魯斯特搬到位於巴黎市中心的大街上。他的臥室非常小，四周牆壁上鑲上軟木，能吸音，因此室內一點腳步聲都聽不見。

他怕吵，怕凡俗，怕光。

於是普魯斯特把白晝也變成了黑夜。

在那間永遠以人工照明的黑屋子裡，他把所有的時辰奉獻給不受襲擾的寫作。撲朔迷離、精美紛呈的形象，盡收筆下。

屋裡的窗簾拉得死死的，白天黑夜都是一片黑暗。經年累月，他把自己關閉在陰暗無光的室內，就在這樣的環境中，普魯斯特根據年輕時代的記憶，寫出巨著。

曾經一位法國作家如此描述普魯斯特：

把自己關在一個牆上鑲貼著軟木板的房間，往學生練習簿上狂熱地寫下一行行文字，有時候他會在深夜裡出門，請他的朋友們吃排場闊綽的夜宵，而他自己則幾乎難得嚐上一口。

對於普魯斯特，文字的盛宴是永遠也不會枯竭的。

《追憶似水年華》是一部篇幅很長的小說，前後有七卷，以主角馬塞爾無意識的回憶爲引子，引出對童年、青年時代，包括生活的聯想，前後顛倒，慢慢騰騰地，展現出大約半個世紀的巴黎社會生活。

「衣香鬢影，繁華盛景，年華似水，風流雲散……」

這半個世紀，實際上和作家經歷的歐洲大時代環環相扣。普魯斯特出生於一八七一年七月十日，逝世於一九二二年十一月十八日。

他出生時法國社會開始大動盪，第二帝國前一年垮台，「普法戰爭」中拿破崙三世率領的法軍被普魯士軍隊打敗，打得落花流水，於是豈止是普魯斯特，整個法國皆陷入黑暗中。

接著「第三共和國」成立。那只是帝國的自我欺騙。

風流雲散，年華只能追憶；終而完成七卷長篇小說。

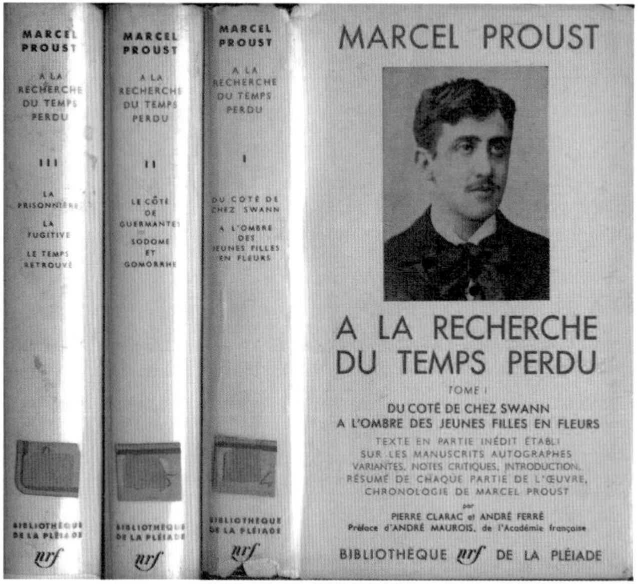

法國的輝煌時期已經結束。

這一年還有「巴黎公社」的起義……

「在很長一段時期裡，我早早就躺下了。有時候，蠟燭才滅，我的眼皮隨卽合上，都來不及咕噥一句：我要睡著了。半小時之後，我才想到應該睡覺；這一想，我反倒清醒過來。我打算把自以爲還捏在手裡的書放好，吹滅燈火。睡著的那一刻，我一直在思考剛才讀的那本書，只是思路有點特別；我總覺得書裡說的事，什麼教堂呀，四重奏呀，弗朗索瓦一世和查理五世爭強鬥勝呀，全都同我直接有關。這種念頭直到我醒來之後還延續了好幾秒鐘；它倒與我的理性不相悖，只是像眼罩似地蒙住了我的眼睛，使我一時覺察不到燭火早已熄滅。後來，它開始變得令人費解，好像是上一輩子的思想，經過還魂轉世來到我面前，於是書裡的內容與我脫節，願不願意彼此再掛上鉤，全憑我自己決定。」

普魯斯特死亡前三年時，歐洲才結束歐陸戰爭，史稱第一次世界大戰，那一次，不只法國，整個歐洲徹底打垮了自己。

他目睹了戰爭，決定讓黑暗徹底把外界關閉，留在某段特殊的時光裡。

《追憶似水年華》的主角曾經多次從深度睡眠中

醒來，當場無法回想起自己是誰，身處哪裡？醒來時是兒童或是成人？在那一瞬間，他的精神搖晃，處於深淵邊緣，消失眼前。因此，他被迫開始尋找自己所缺失的一切，被迫尋找這個失去的時間，以便不再迷失於存在中。喚醒自己的模糊回憶，抓取日常生活中的東西，感悟它們在時空中的間歇，終而形成一個與眞實生活不同的主題。

普魯斯特在一個著名的段落中，描繪屬於他本人的辰光。

它是夜，是失去的鳥兒的婉轉啼鳴，是在敞開的窗前的一次呼吸。

如果我們不這麼屈服於睡眠，也許我們就永遠不知道有多少機遇正在翹首以待。

於是一切閃爍都在他的眼裡；儘管這不是一雙幸福的眼睛，但人們卻可以在裡面看到好運，就好像潛伏於賭博或戀愛之中；你總是盲目相信自己會贏。

普魯斯特的讀者不太能夠領會那種漫遊在作品中令人目瞪口呆爆炸性的幸福意志，從何而來，原因並不奇怪。

因爲讀者是在光亮中閱讀他的作品。

普魯斯特筆下，有一種辯證的幸福VS輓歌，一直迴盪。

幸福的輓歌，將生活轉化爲回憶的寶藏。

「我終將遺忘夢境中的那些路徑、山巒與田野，遺忘那些永遠不能實現的夢。」

普魯斯特躺在他那張床上一方面書寫，一方面懷舊，還有疾病折磨著，那是對一個永遠逝去的世界的惆悵，那個世界在某個上流圈中還在迴盪，但他非常明白這只是幻覺，現實將成爲追憶，他要把它書寫完成。事實上他的時代鬆鬆垮垮，陳舊、乾癟。如果沒有巨著書寫，將無從追憶。

「你肯定能找到。那是奧斯曼大街上唯一亮著燈的窗戶。」

「我長大之後，決不像別人那樣荒唐地過日子，即使在巴黎，遇到春天，我也不去拜客，不去聽那些無聊的敷衍，而是要到鄉下，探望第一批開花的山楂樹。」

「儘管我們知道再無任何希望，我們仍然期待。等待稍稍一點動靜，稍稍一點聲響。」

（本文完稿於二〇二二年十一月十八日）

所有的喪禮都是白色的。
人通往死亡的路是一張白紙；
有的人拿來寫遺囑，
有的人拿來塡滿滿的藥單，
有的人書寫此生回憶。
這聽起來有點傷感，
但正因爲是一張白紙，
你可以隨心所欲地描繪及
選擇通往死亡的地圖。
一切全在你自己。
對你來說，生命的最後階段，
身體或許是痛苦的，
但你的心志一切都是自由的，
沒有什麼事再值得或應該束縛你，
在你面前的白色地圖，
是無限的可能。

這可是很棒的事啊。
你何必哭哭啼啼呢？
我衷心祈禱你可以相信自己，
無悔地燃燒自己的人生；
尤其最後一哩路。

～陳文茜

聽・一首歌

Autumn Leaves
by Eva Cassidy

4. 我的病友：甘迺迪總統

在那裡，月亮夜晚又上場了，現在更亮了，它
垂下一條路，是協助你度過今晚，還是迎接你告別所
愛？引領你離開熟悉的一切，到一個孤獨的音節，像一
個句子懸在邊緣，等待人們最後一次喊出你的名字？

／

病了，康復之路看起來沒有盡頭，人生就是黑色的嗎？

當然不是。

我的罕見疾病，沒有治癒的方法，只能等待「果陀」奇蹟。現代醫學只能治標，不能治本。除非免疫停止攻擊我的腦部，移情別戀，換一個陣地，或是上天垂憐，它又回到原點，只攻擊我的筋骨，我的日子

只能在活不好，或是「休克猝死」中選擇。

此刻，伴我一生的自體免疫疾病，我多麼希望它是一個「花花公子」，不要再糾纏我的腦袋了！

打開自體免疫系統攻擊器官醫學資訊，對象若是腦下垂體、下視丘、腎上腺，答案可都是：不能停藥……否則猝死……或者平均壽命可能不超過兩年。

這些資料翻來翻去，都是一個「死」字。

活著或死亡如每晚的月亮，有時候藏在雲中，未知答案。有時候堂皇登空，浮現在兩朵雲之間，半活不死。

生與死緩緩地移動，時間好像已經過去了，今天健康狀況良好，只是稍喘；明天一個閃失，不過兩天停止打針，照常服藥，只要天氣劇變，還是可能虛弱地昏倒。

每日起床看見曙光，鼓勵自己，一個微笑，「早安，我的生命」，才剛剛開開心心插花，和朋友高談闊論，但在翻開下一頁之前，下一刻你可能已經虛弱到需要點滴治療。血壓從一二〇，升高至一六八；心跳自每分鐘八十三下，至每分鐘一百一十三下。

在那裡，月亮夜晚又上場了，現在更亮了，它垂下一條路，是協助你度過今晚，還是迎接你告別所愛？引領你離開熟悉的一切，到一個孤獨的音節，像一個句子懸在邊緣，等待人們最後一次喊出你的名字？

倘若你度過這個荒謬、溫度上下不斷變動的夜晚，睡前當你從書頁上抬眼，然後闔上書本，依然感覺精神上自己好似已經住在月亮那片光裡，那個驟然而降的天堂。

又一天過去了。

喜愛歷史考證的我，近期發現我有一位類似疾病的病友，美國最英俊瀟灑的總統約翰．甘迺迪（J.F. Kennedy）。

他得的是「愛迪生症」，免疫系統攻擊腎上腺，每隔一段時間皮膚會發黑，必須注射腎上腺素，否則一樣就會：猝死。

當然他最後是被槍殺狙擊而死。美國二〇二二年底又公布了一萬三千份資料，查了四十八個組織，上百名嫌犯。當然眞相仍然石沉大海。

我好奇的不是誰殺了甘迺廸？而是他的疾病已經好幾次讓他接近死亡，他仍然「英氣勃勃」，聽著瑪莉蓮夢露演唱「Happy Birthday, Mr. President」，風流倜儻之餘，毫不退讓與赫魯雪夫協商古巴危機，表示美國不惜動用原子武器採取軍事行動，阻止蘇聯裝置飛彈於古巴。

當他痛苦地死於槍擊時，他的驚訝，以及他對於自己大量出血慢慢失去意識走向死亡，他的感受是什麼？他恐懼嗎？

約翰．甘迺迪在白宮首度發病休克，如果他不是美國總統，當時可能已經死亡。

我們在電影裡經常看到海軍陸戰隊士兵往大腿扎的針，叫做 Epipen：急救針。它救命的原理就是裝了腎上腺素。據說是當時爲了越戰，開發出的救援醫療器材，讓士兵被子彈擊中，或是空中墜落時，不因過度疼痛休克死亡。士兵們因此可能有足夠的時間，被擔架抬到野戰醫院。

其中之一包括著名的美國前參議員約翰・麥肯（John McCain）。他在越戰服役時，飛機被北越打下來，半身骨折，他靠著Epipen，度過休克危機，直到被北越俘擄。

Epipen後來被推廣在藥物過敏，花生過敏，以及急性氣喘發作的病人。鄧麗君如果身上有一支Epipen，我們不會如此悲傷地看著她那麼年輕卽往生。

身爲美國總統，白宮當然有這種急救針，約翰・甘迺迪因此先被救活，之後輾轉到全美國免疫疾病最好的醫院：梅約醫學中心，之後查出他的疾病。

我和他不同，攻擊腦部，接下來和其相關功能一一喪失。查閱醫學資料，這類疾病，初期、中期皆無明顯症狀，往往接近尾聲發展至九成，人快昏倒，或是休克，才會查出疾病。

相關的ACTH、腎上腺素……等指數，除非特別學問淵博的免疫專家，健康檢查往往也不會列入檢查項目。

但我因爲藥物及化學物質過敏症，不必當美國總統，美國醫生早已逼著我身上天天都得帶著急救針。

一年又三個月之前，我連續短時間內休克三次，都是靠著旁人爲我施打 Epipen 活下來。

儘管這不是我第一次昏倒沒有脈搏，但症狀完全不同。

我意識自己得了怪病，才找到台大李克仁醫師，而不是一直待在心、肺疾病中打轉，或是免疫攻擊血管……最後才即時在我沒有「壽終正寢」前，活下來。

既然這樣僥倖才存活，我怎麼可以悲傷？我如此被老天眷顧，怎麼可以陷入沮喪？

相反地，我要活得比以前更好！

二〇二二年農曆春節初八晚上，好友盛治仁帶來君品飯店名菜：重慶水煮牛。

以這段時間我的胃，本來不適合食用太辣的食物。但我快要變成是全世界最幸運也最聰明的病人，這怎麼可以難倒我？

於是我用了日本壽喜燒醬料：蛋黃當沾醬，少辣卻仍有餘味。

今晚月亮又變明亮了，即將上元，那是春節節慶的最後一天。

我望著明月稱許自己：你是世界上最聰明的病人。

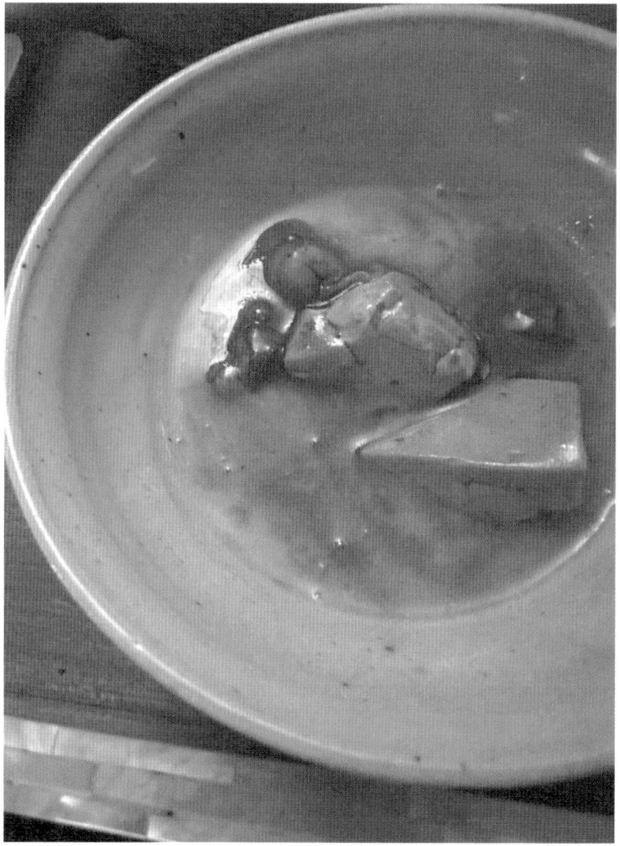

不能吃辣，於是我把重慶水煮牛變成日本壽喜燒：蛋黃當沾醬，少辣卻仍有餘味。

第三部

悼念一代宗師：星雲大師

1. 對於死亡，我早已準備好

他有一次偷偷在我耳邊說：「如果有下輩子，我想當個廚子。」然後吃了一顆桌上的糖，他有糖尿病，必須控制糖分。但他在醫生的囑咐和自己的修行中，找到平衡點。每天偷吃一點點。

在台北的道場，某一年他親自主持我的演講。他的理由之一：當天的主講者是我。我很吃驚，因爲我和佛光山沒有太大的淵源。但他先對道場住持的小尼姑半開玩笑地說了一段話：「我本來現在該在揚州參加我創辦的揚州論壇……可是這個小師姑把我訓了一頓，她很厲害，罵了我：『師父，您在台灣住了六十多年，喝了台灣六十多年的水，你怎麼可以老是把揚州當故鄉？台灣才是你的家！』」星雲大師笑笑地說：「有理，她罵完，我就留下來了。」

我當場大爲震驚。一個大師可以隨由弟子開玩笑，還「罵了一頓」。

他介紹我的時候用了一段佛經的話：大意是大地孕養了我們，大地就是我們的母親。我們要輕輕踩著它，如同對母親的感念。「我對於全球暖化的知識，環境保護的知識都是來自於文茜女士的節目，她是我的老師。所以她的演講，我要親自主持。」

我又再次震驚他的謙虛。

星雲大師的一筆字相當出名。他已近乎眼盲，書法一下筆，必須一次完成。但他的一筆字，已成爲藝術一訣。星雲大師的弟子將之「拍賣化緣」，得來的經費除了興建佛陀紀念館，還有成立台灣新聞最高獎金的「眞善美新聞獎」。

某一年，最佳貢獻獎他們希望把獎頒給我。但評審委員認爲我太資淺，應該先給老一輩的新聞界人士。

他的大弟子告訴我，我們都好遺憾。我回：身外之物，沒有關係。

第二年情況還是一樣，因爲我還年輕，不過大了一歲。但星雲大師等不及了，星雲大師的作法很特別，他尊重評審委員會的決定，但自己自創另一個獎項，之前沒有之後也沒有這個獎項。他還宣布得主他自己決定人選，並且由他親自頒獎。

他的目的就是頒獎給我。

在我上台領獎之前，他先談到一個寓言。三個死者到了地獄，見到閻羅王。一個搶別人的食物，被開槍打死。因爲他的家人沒有飯吃。閻羅王告訴他：你來錯地方了，不該下地獄。

第二個殺人犯，滅絕一家子的人，因爲他的妹妹被這家的一名男子侵犯了貞潔。閻羅王回他：人家一個人傷你十分，你卻殺滅他們，永不得活著。於是一

星雲法師年輕時什麼都不知道，只想出家，但一位慈祥的老和尚爲他取名「今覺」，內號「悟徹」，要他馬上就覺醒，「悟徹生死徘徊」。

我問他身體，他說：「對於死亡，我早已準備好了，就怕他們沒有準備好。」

拍，判他下十層地獄。
最後一位是某報紙的總編輯，他直接問閻羅王，我沒有殺任何人，爲什麼來了地獄？閻羅王回答他：你爲了個人享祿，奉承權力，散播殘害百姓的訊息，政府官員做的錯事你也昧著良心歌頌，你對於社會的傷害、甚至造成社會的沉落，沒有是非，比殺人犯嚴重一百倍！
你該下十八層地獄。
星雲大師從小家境清寒，長得眉清目秀，但留在家裏，當時正鬧著饑荒，他必然餓死。於是媽媽含著眼淚，把心愛的兒子送進廟裡。
他沒有機會上學習字，他說：各位新聞界的前輩，你們都是我的老師，我是看著報紙自己研讀，才識字，讀佛經，講道。這是我創設這個獎項的原因。
當時台灣的新聞界已經淪落，老一輩的感慨不語；新一輩的人靜默不語。
整場的空氣，瞬間凝結。
幾年前，星雲大師已經數度中風、病危，又奇蹟活過來。我二〇一九年最後一次探訪他，他身邊的人特別安排我參觀佛陀紀念館，知道我身體不好，還用小車在紀念館中穿梭。他們輕輕告訴我，大師身體不好，我們不告訴他妳幾點到，否則他會撐著身體見妳，他需要休養，請妳體諒。

我馬上問：那我是不是該走了，別打擾大師呢？他們說：他盼了好久，知道妳得了肺腺癌，還要我們特別爲妳祈福。

「盼」，在一位大師身上是什麼意思？

我走到他見客及休息的大樓，已經雙眼失明的星雲大師就站在大門口。當時仍有秋風，雖是南部，仍冷意十足。

他挺立地站在大門外，我吃驚地趕緊跑上台階。那一年，他已經九十四歲了，也已經生了大病。直到我們一起上頂樓時，他才坐著輪椅。

我問他身體，他說：「對於死亡，我早已準備好了，就怕他們（指弟子們）沒有準備好。」

記得一回在相同頂樓辦公室見他，是八八風災之後。佛光山在最短時間內，安置了近四千位災民。下午三時接到高雄縣政府電話，傍晚志工已全面動員。

準備好數千件衣服，馬上洗個熱水澡，吃頓炒熱米粉，熱湯……才有回到安全之處的感覺。

原本神聖的大佛堂，成爲災民打地鋪有熱毯棉被皮箱的居住地。

我到訪的時候，已經時隔八八風災約一週，災民失去家園，也怕未來生活沒有著落，惶惶不安，經常有糾紛；甚至包括反對佛教的宗教信仰以及反對吃素食。

當弟子在頂樓辦公室向星雲大師報告時，星雲大師望著高屏溪沿途掏空的路基，他下了指示：附近餐廳也是災民啊，就讓他們在那裡用餐，吃肉，也算對鄰居的幫助。

至於他們拒絕佛像等，星雲大師更認爲自己疏忽了，他們信仰的是長老教會，希望弟子趕緊找到他們的牧師，在這裡找間沒有佛像的房間，由熟悉的牧師陪伴他們。

當時清淨優美的佛光山有一部分也是災區，但滿地都有尿酸味，蒼蠅飛舞。師姑們打掃時，若聞到有災民隨地小便，自然以水冲洗。結果她們都被星雲大師教誨了一頓：「災民已經沒有家，到這裡寄居，妳們雖然面帶笑容潑水，不是趕人嗎？有時候，我們也要學習山上人的生活方式。」

記得二〇一九年我最後一次離開時，以為在辦公室就此道別了。哪知到了一樓，星雲大師又站在門口送客。前面一排媒體，我請他趕緊回房休息。接受採訪約五分鐘，一個記者用眼神暗示我，星雲大師還站在大廳。

我又小步跑進去，有點喘，他說：「我一定要送別妳，看見妳上車。我們不知道何時才能再次相見。」

那回見面後，我去了美國麻省理工學院，之後回來，就是 COVID-19……在防疫考量下，他不怎麼方便見客。我自己身體也越來越差，走不了坡路，心中惦著：好一點時，一定再去拜訪大師。

好一點時……

歲月就是這樣，兩年前他高挺的身體對我揮手，一直揮手……

面對死亡他充滿智慧。或許他已經知道，那次就是我們此生的訣別。

2. 三分病痛，才能發心

佛光山上，嗓門最大最具威嚴的不是星雲大師，而是自年輕開始，即帶髮修行跟著星雲大師一輩子的蕭師姑。她的素麵，以巴西蘑菇湯爲底，麵粉自己調配，桿麵，嚐過其美味的人，無人可忘。

佛光山的小法師曾開玩笑地告訴我，我們都不敢得罪蕭師姑，否則半夜餓了，就沒有東西吃。

蕭師姑年輕時本來在羅東電信局當接線生，星雲大師當時只是一個附近小廟的住持，眞是貧僧一個。

小廟沒廁所，住持兼僕人。每日爲了上洗手間，星雲法師得經過羅東大街，走約二十分鐘路程，才能抵達廁所。

蕭師姑這些年輕女孩，沒有看過這麼英俊、身高一百八十公分的「美和尚」，只要星雲經過，她們這群如歌謠〈望春風〉形容的女孩，即擠滿窗口，不管電信局鈴聲四響，個個興奮不已。等過了幾分鐘，才回到座位上接電話：通常都是一陣謾罵聲：「你們跑哪裡去死啦！整個電信局半個人都沒了！」

許多人不知道宜蘭羅東是星雲大師來台灣的第二站。之後才是高雄。

更不知道他的第一站是基隆港口旁的軍事監獄。

那個年代，風聲鶴唳、草木皆兵，情報部門攔截一個訊息：匪諜喬裝和尚，準備登陸台灣，進行地下工作。

於是剛剛抵達基隆港口的星雲莫名地立即被逮捕，那一年，他才二十二歲。牢裡關了一堆和尚，每天抓幾個偵訊，抓幾個槍斃。

星雲大師後來回憶那段往事，只要晨光初綻，他即想：這大概是我的最後一天吧。

於是打起坐來，一個向師父懺悔：我要走了，師父，抱歉，我無法完成你的期許，一生弘揚佛法。

一個向留在大陸的媽媽道別：媽媽，對不起，兒子要先走了。您保重。

一天又一天過去，牢裡的人越來越少了。終於一位士兵走進來，叫了星雲法師的本名：李、國、深。

已經練習好接受死亡的星雲沒有什麼情緒，準備一步一步走向死亡盡頭。

二〇一三年八十七歲的星雲大師已寫下遺囑，他談到死亡的見解：「我從小就有一個不在乎死亡的想法」，「生了要死，死了要生」。

二十二歲的星雲法師已經走過了好幾次的死亡關口，父親在戰亂中連遺體都不知道下落；家鄉饑荒加上戰爭，經常有人餓死；還有——南京大屠殺，他和師父親手埋葬了許多慘不忍睹開膛破肚的孕婦、兒童屍體。

戰亂窮困的年代，他已經嚐遍死亡的滋味。那個年代翻來覆去都是一個：「死」字。

現在輪到他了。

他走出牢房，發現前面幾個被叫出去的和尚還在，然後士兵宣布：你們，運氣好，孫立人將軍陸軍總司令的夫人，保了你們，你們可以走了。走了。

在這個陌生的島嶼走去哪裡？

一生都在患難中長大的星雲法師，以濃濃的鄉音，衣著破爛如沿門托缽的乞丐，許久沒有淨身，在路人或拒絕，或指引中，終於一雙草鞋走到了台北佛教總會。

隨緣自在，苦難難不倒他，他被分配至宜蘭羅東的小廟。小廟沒有洗手間，他問了附近鄰居，對方故意不存好心，要他一路走下去，走到火車站附近。

那是二二八事件後三年，省籍意識濃厚的羅東。

而且不會閩南語，當地人也聽不懂他的揚州腔口音，怎麼傳教？

星雲法師說：外國人馬偕都可以傳教，我只要做好事，我外省人當然也可以傳教。

事實上，在羅東待了不久，他已經發現上洗手間的路不需要走這麼遠，附近五分鐘的路程，即有上廁所的地方。

但星雲法師還是照走他的羅東大道；問他爲什麼？

他的回答充滿智慧：何必拆穿呢？傷感情。

何況我多走一些路，多認識附近的人，沒有什麼不好。

佛光山慈字輩的法師，尤其是女性的法師，幾乎全部都是羅東人。

正因爲星雲法師對於佛學的特殊歡喜見解，每天走在羅東大道上的隨緣自在，她們一一皈依佛光寺，從此跟著星雲大師一生。

當星雲大師說我已準備好我的死亡，怕的是「他們」沒有準備好。那個他們，指的主要都是跟了他一輩子的容法師、蕭師姑等。他的身高像屹立不搖的父親，如一個活銅像，似乎永遠不會逝去。

但他知道，他即將離開了。

我的父親是羅東人，小時候我們就住在羅東公園裡。蕭師姑堅持我小時候她抱過我。每次我到佛光山拜訪，還沒有下車，她們就高興地喊：回家了！回家了！

星雲法師從一介貧僧成爲一代宗師，其中非常重要的是他的聰慧。

例如他覺得佛教總教人靜默，悲苦；但基督教卻有唱詩班，聖誕節。人生已經這麼多切難，宗教該給別人一些歡喜。

歡歡喜喜是人性，而不是悲苦虛空。

於是他從基督教中領悟了許多師父沒有教他的佛法。他創辦佛誕節，也分吃糖，也希望信徒以歡喜的笑容朗誦佛經。

星雲大師常常說：我們每個人生來可以成爲人，而不是生命卑微的物種，都要懂得上報四重恩。所以我們要微笑迎接每一天，盡量做善事。

打開星雲大師的一生，好像翻到最悲慘的童年和青年時期。

晚年他已經成爲一代宗師，星雲大師的醫療團隊召集人高雄長庚醫院榮譽院長陳肇隆回憶他怎麼面對自己的重症。

二〇〇六年九月，大師不小心滑倒，肋骨斷了兩根，住進高雄長庚醫院，肋骨骨折當然是難以忍受的痛，但大師才住不到兩天，就要求出院。因爲佛光山是日不落的機構，隨時都有洛杉磯、巴西……各地傳眞、email 要請示大師，可是長庚沒有特需病房，七十九歲高齡的大師忍痛出院，回山上繼續工作。

這些年來，陳肇隆從大師身上，看到了和王永慶共同的特質：「他每天都在跟時間賽跑、每天都在思考，我還能爲這個社會多做些什麼？」

儘管他一身是病。

二〇一一年佛陀紀念館即將開幕，日夜趕工的十月底，一個星期六清晨，大師中風，在下車的瞬間，醫療團隊看到他穿的是袖口已經磨破的老舊袍子。

他稱自己爲貧僧不是爲了塑造形象。

他身體力行。

他說：「修道人要帶三分病痛，才知道發心，所以疾病也是我們修道的增上緣，不要排除它，要與病爲友。」

二〇一六年十月出血性腦中風是星雲大師病史上最危急的重症，大師腦室內有一個六．五公分大的血塊。

手術之後，一般病人都很懼怕，大師卻非常淡定，每次醫生查房他都要爲醫護人員開示，講述深入淺出的人間佛教，如生命導師，討論生死問題，他說：「生了要死，死了要生，等於季節有春夏秋冬的循環，人生當然有老、病、死、生的輪迴。」

大師根本不在乎自己過九旬的身軀，當醫生們還在想著怎麼樣協助他照顧自己時，他在腦部大手術後，每天用盡力氣書寫上千幅的「病後一筆字」，並出版了《星雲大師全集》三百六十五冊。

這一生他沒有恨緣，卻永遠記得恩緣。

孫立人夫人在中和往生時，孫將軍剛解除軟禁很快過世。孫夫人所有後事都由星雲大師親自指導、辦理。

他不會忘記二十二歲時，那個把他從死亡拉回來的恩人。

二〇〇九年我目睹八八風災，中央山脈頂端無人居住的地方也塌陷了，阿里山降下世界極端值的強降雨量。全球若干氣候科學家來到台灣，研究這個中度颱風，如何形成巨大災難。

我看到林邊如半個丘陵高的黑土，看到災民絕望的眼神，看到如伊拉克戰場的高雄、屏東山區及下沉區；發願拍攝正負二度C紀錄片。讓台灣老百姓瞭解，全球暖化如何摧殘我們的土地。

星雲大師耳聞我正在找企業界支持這個紀錄片，他的反應我永遠忘不了。當時我穿著名牌衣服，他穿著一件老舊袈裟，他卻說：「文茜小姐，妳是做事的人，不要出來化緣，妳需要多少錢，佛光山幫妳出資。」

星雲法師說：「修道人要帶三分病痛，才知道發心，所以疾病也是我們修道的增上緣，不要排除它，要與病爲友。」（照片提供：高雄長庚醫院榮譽院長　陳肇隆）

我愣了一下，化緣，再看一下自己的「錦繡衣裳」，頓覺慚愧。但我還是告訴他老人家我們找企業贊助的理由：因爲工廠是最大的碳排放來源，他們有綠色工廠的觀念，廢水回收，減少用電……全球暖化的問題才能解決。

之後在紀錄片中，我使用了李歐納．柯恩（Leonard Cohen）的曲子，Hallelujah，配上哥本哈根大會上列出世界上即將消失的一百個地點。和我一起共事的廣告之父孫大偉向我提出異議，「妳這樣置星雲大師於何地？」

我很有把握地回應孫大偉：「星雲大師會說基督教爲什麼會有這樣好的音樂？而佛教一直做不到？」

結果星雲大師的反應比我想像中更特別。他問我這是誰的曲子？我回答：Cohen，並且介紹這位加拿大後來旅遊世界的猶太人。他的曲義包括了信仰及對宗教的質疑。接下來，我又介紹另一首 Cohen 的曲子：Dance Me To The End Of Love.，他把猶太集中營殘酷的屠殺，變成祝福，不要害怕，和燃燒的小提琴一起共舞，舞到盡頭，舞到愛的盡頭。

我告訴星雲大師 Cohen 是我的偶像，他在巨大的悲劇中寫下最美的詩篇；而且他還在日本出家一段時間。

星雲大師不只沒有覺得我冒犯了佛教，他說：這個人是眞正懂得信仰和宗教的人。太了不起啦！

這就是星雲大師，他在逆境中成長，接受逆境佛法的培訓。

大師圓寂，也圓滿了我們這些曾經有機會體會他佛法眞諦的人。

像他的那群羅東弟子，我捨不得和他告別。死是生，生是死，我仍等待他如彗星，再一次說出智慧的名字。

當我從《星雲大師全集》書頁上抬眼，闔上書本，依然感覺他好似住在天空那片光裡，那個驟然而降的一代宗師正高掛星空。

3. 不和命運爭論

我們認識的星雲大師總是在笑，你可能以爲他是受「歡樂佛法」修行，所以成爲笑咪咪的法學宗師。

事實上剛好相反。

他的佛法是「打」出來的。

考驗弟子承受逆境的能力有多大？看穿生死的徹悟能有多深？

佛教、天主教、基督教、回教，所有的宗教終究都是在教導一個人面對「死亡」這件事。

星雲大師曾經對他的好友兼弟子劉長樂說：人生啊，本來就一直在「因緣果報」裡流轉，也在「死亡邊緣」接受考驗。

星雲大師的佛法往往令人聽了會心一笑，淺顯易懂。這是他擁有衆多信徒的原因之一。

例如什麼是死亡？
生死，就像人晚上睡覺，白天起床，這麼簡單。
因此，生，未嘗可喜；死，也未嘗可悲。
早上起床，誰也不知道今天會遇到什麼倒楣事，甚至禍從天降來。
活著是一日日的喜樂，也是一日日的劫難。
每天總會碰到讓你高興的人和事，也會遇見憤怒或傷心的人。所以，晚上睡覺時不只要洗澡淨身，還要把心洗乾淨。把這一天經歷的凡塵瑣事，洗一洗。

「我們知道要洗乾淨自己的身體，有多少人想到要洗淨自己的心呢？」

「當出家人就沒有怒？沒有怨？學佛修行，入門基督，就懂得行事正派，行善積德嗎？」

因爲心沒有洗乾淨，積久了，厚厚實實的灰塵，看不到初心了。讀再多佛經、聖經，也不入心了。

你看多少人間罪惡，都是奉天、奉主之命而來的？

這是某次星雲大師接受我採訪時，我們之間的對話。

每天把心洗一洗，你做到了嗎？

星雲大師出家的時候只有十二歲，一九三九年二月一日。一位慈祥的老和尚爲他取名「今覺」，內號「悟徹」。

「文茜小姐，我當時什麼都不知道，只想出家，但這位慈眉善目的老和尚已經要我今天就覺醒，『悟徹生死徘徊』。」

他的出家歲月日子還是苦的，爸爸不知下落，家境清寒，家鄉常有人餓死。家苦，廟也苦。日軍轟炸，一天比一天猛烈，今覺，悟徹，每個落下的炮彈都是悟徹，都是當下生死的覺醒。

而他受的佛法我曾稱爲「逆境哲學」最好的理論，他自己稱之爲「苦行」之修。

寺院是佛門弟子學習的地方，星雲大師所受的法派稱爲「叢林」。

爲何稱「叢林」？

首先要能接受十方僧衆「掛單」；接待「十方」掛單，那「掛單」嚴苛的要求，令人難以置信。

那是難以想像的徹悟之法，不只教你自律，更教你接受命運；包括無理的命運。

所以我稱之爲「逆境哲學」，它不只是佛法，而是人對於生命的不強求、不怨懟、不抗拒。

在天主教的哲學中，稱爲 Reconciliation「和解」，與命運、與自己、與敵人寬恕及和解。

出家後三年，星雲大師十五歲那年，在棲霞山接受佛教的比丘三壇大戒，來到了叢林。第一天報到

時，戒師問他：

「你來受戒，是師父叫你來的？還是你自己發心要來？」

「弟子自己發心要來的。」

哪知說過以後，戒師拿了一把楊柳枝，在他頭上猛打一陣，頓時眼冒金星，感到很錯愕：「我有什麼錯嗎？」

這時只聽得戒師慢條斯理地說：

「你很大膽，師父沒有叫你來，你沒有得到師父的允許，自己就敢來受戒。」

聽了這話，星雲覺得「說的也是」，心裡平服不少。

第一位戒師問過以後，走到了第二位戒師面前，結果他問了同樣的問題：

「你來受戒，是師父叫你來的？還是你自己要來？」

剛才被打過，懂得應該「尊師重道」，因此趕快說：

「是師父命令我來的！」

話才說完，戒師又是拿起一把楊柳枝，在他頭上猛打，一邊打一邊說：

「豈有此理，假如師父沒有叫你來，你連受戒都不要了！」

想想也對，說的不無道理。

這時他叫星雲再到第三位戒師那裡，問題還是一樣：

「你來受戒，是師父叫你來的？還是你自己要來？」

前面被打過兩次，有了經驗，聰慧的星雲回答：

「戒師慈悲，弟子來此受戒，是師父叫我來，我自己也發心要來。」

以為此回答應該天衣無縫，哪知戒師仍是拿起楊柳枝，一陣抽打，罵得更難聽：

「你說話模稜兩可，眞是滑頭。」

第四位戒師那裡，問話改變了，他問：

「你殺生過沒有？」

殺生是嚴重的犯戒，既然來受戒，怎麼可以殺生呢？星雲毫不考慮地說：

「我沒有殺生！」

戒師卽刻反問：

「你平時沒有踩死過一隻螞蟻，沒有打死過一隻蚊子嗎？你打妄語，明顯是在說謊嘛！」

楊柳枝又來了，再度狠狠地打在身上。

又再換另一個戒師，一樣問：

「你殺生過沒有？」

才剛回過，只有直下承認：

「弟子殺過！」

「你怎麼能殺生呢，真是罪過！罪過！」每說一句罪過，就是好幾下楊柳枝狠揍！

下面再有戒師，還沒有開口星雲就乾脆把頭伸出去，說：

「老師，你要打就打吧！」

星雲大師說：所謂「有理三扁擔，無理扁擔三」，這種「以無理對有理、以無情對有情」的教育，就是要把你「打得念頭死」，然後才能「許汝法身活」。

此刻你不會和命運爭論，你接受了所有的無情無理。

星雲大師的師父後來告訴他：「孩子，你下午說的，沒有一句話是錯的。」「他們教你的這門功課叫逆境。什麼是逆境，就是生命無常；你遇到了困苦、災難、不平、劫殺、死亡……那都是命運，不因爲你做對了什麼，就可以逃開；不因爲你做錯了什麼，才受到懲罰。」「接受逆境，才能克服命運，克服它帶給你的痛苦。」

之後隨著人生際遇，一到台灣卽被逮捕，別人被槍決了，他卻被不識的孫立人夫人保了。

去了羅東，不算逆境，他已歷經生死，楊柳枝條算什麼，乖乖蹲小廟當貧僧，也創立了慈善幼稚園。做得有聲有色。

當時一位法國和尚來台灣，星雲法師至台北見他，好奇外國人怎麼會當和尚呢？

靈機一動，聰慧的星雲大師邀請法國和尚到羅東。法國和尚答應了。

來羅東的前幾天，星雲法師穿著他的袈裟，沿途如戲院招攬客人，敲鑼打鼓；這是他的隨緣自在，不會覺得自己是法師得裝模作樣。

他以揚州腔喊著：「來看法國和尚！外國人當和尚！」

結果羅東八萬人，人山人海，來了三萬人，「擠破」小廟，還有滿條羅東大道。

從此以後，小廟香火鼎盛。

星雲大師對於他叢林十方的教誨，我至今難忘。

誰只要能不遲不早地理解這樣的逆境哲學，逐漸對生活的冷酷與不幸坦然接受，誰就是「得道之人」。此生他注定不會痛苦於太多事，也不會過度在意太多人。

所以遇見逆境不是不幸，相反地它對任何一個人都是非常必要的，一個人在逆境中的體悟，決定了這個人和其他人根本的不同。

沒有誰的人生會一帆風順。成長的過程總會跌跌撞撞，我們可以痛，可以悲傷，可以大哭，但別耽溺悲傷太久。

冷靜時候，不妨想想，這道傷痕，能爲我留下什麼？

人生一路上我們聽說了很多道理，卻依然過不好這一生。只因我們太執著相信命運公平，也太執著自己得失；我們經常看到「生命無常」四字，卻從未眞正體會其中的深奧道理。

人那麼有情，那麼肯定，那麼慷慨，卻又對命運那麼苛求。人的世界，最缺的是豁達，豁達地與命運相處。走過逆境，學習接受，不只是遺忘：就像走出了隧道，別懊惱或者悔恨。

記得命運起伏由不得人，時光也不等人，時光很脆弱，它禁不起你來來回回地辜負。

當你遇見黑暗時，請想起那條不論怎麼回答，都打在頭上，打在身上的楊柳枝。

坦然地一步又一步走出來，然後你會看到光明。如果你一直停留隧道之中，那麼逆境給你的黑暗，便沒有休止符。但那不是命運對你殘酷，而是你選擇了殘酷；因為是你，讓自己停留黑暗之中。

一輩子沒有遇見逆境的人，換一種說法，可能不是幸運；「所謂人生勝利組」的人，當他越到生命盡頭，他會活得越危險。

一個人一生都是順境，他如何接受死亡？接受消逝？接受無我？

多半他只能在晚年時，恐懼地活著。

星雲大師在台灣正在鑼鼓升燈的元宵日當天，下午圓寂。

我心痛之餘，每天早晨起床，我更加再一次複習楊柳枝的功課。提醒病重的自己，讓生命不計較是否短暫、但要美好，別花時間糾結。每個人每天都可能遇上煩心的事情，但心若不動，風又奈何；你若不傷，歲月無恙。

生命前方，本來是無盡的衰老，我們筆直地跌落進去，走向死亡，別無選擇。

你以爲腳踩的地獄，其實是天堂的倒影；而我唇角的皺紋，其實是智慧的積累。

聲音在空氣裡燃成灰煙，晚霞被黑暗逐漸吞噬。在這個看似五花八門的世界上，其實只有兩個聲音：活著，和死了。

但死亡，未必是悲劇。

今天接到佛光山的通知：

『傳臨濟正宗第四十八世佛光山開山祖師星雲大師圓寂讚頌典禮』暨『傳臨濟正宗第四十八世佛光山開山祖師星雲大師圓寂荼毘大典』

時間：公元二〇二三年二月十三日（農曆正月廿三）星期一上午九點（台灣時間）

地點：高雄佛光山寺／台南白河大仙寺

照片來源：UDN.com

雲水三千，悠遊人間，在浩瀚的星空，我重讀自己當年和星雲大師談話後的文字，我已不再心傷。

仰望星空，我好似看見星雲大師依然微笑的臉，穿越銀河，老人家說：

生了要死，死了要生。文茜安好。

People 0491

晚安，我的生命

作　者—陳文茜
資深主編—陳家仁
企　劃—藍秋惠
封面設計—木木林
內頁設計—李宜芝
總 編 輯—胡金倫
董 事 長—趙政岷
出 版 者—時報文化出版企業股份有限公司
108019 台北市和平西路三段 240 號 4 樓
發行專線—(02)2306-6842
讀者服務專線—0800-231-705・(02)2304-7103
讀者服務傳真—(02)2304-6858
郵撥—19344724 時報文化出版公司
信箱—10899 臺北華江橋郵局第 99 信箱
時報悅讀網—http://www.readingtimes.com.tw
法律顧問—理律法律事務所　陳長文律師、李念祖律師
印刷—華展印刷有限公司
初版一刷—二〇二三年三月十七日
初版八刷—二〇二四年六月十八日
定價—新台幣四二〇元
（缺頁或破損的書，請寄回更換）

時報文化出版公司成立於一九七五年，
並於一九九九年股票上櫃公開發行，於二〇〇八年脫離中時集團非屬旺中，
以「尊重智慧與創意的文化事業」為信念。

晚安，我的生命 / 陳文茜著 . -- 初版 . -- 臺北市 : 時報文化出版企業股份有限公司 , 2023.03
280 面 ; 22x17 公分 . -- (People ; 491)

ISBN 978-626-353-414-8(平裝)

863.55　　111022434

ISBN 978-626-353-414-8
Printed in Taiwan